Shub-Niggurath

Le Bouc aux mille chevreaux

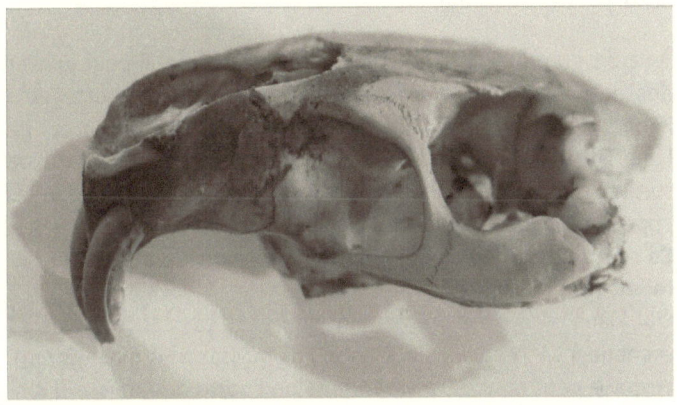

© Pierre Dagon 2019
Illustrations de l'auteur
ISBN 978-2-915512-35-9

Quelque fois, dans mes rêves, je vois un énorme puits entouré de toutes parts d'arbres et de buissons sauvages. Il en sort un bruit d'eau qui se mêle – dans mon sommeil – à d'autres bruits, plus graves ; tandis que, sur le tout, s'étend le linceul éternel d'un brouillard de gouttelettes.

William Hope Hodgson
La Maison au bord du monde (1908)

Avec le temps, il observa un nouveau mystère : certaines entités avaient tendance à apparaître brusquement dans le vide, ou à disparaître totalement avec la même soudaineté. Le tumulte de cris, de grondements qui envahissait les abîmes défiait toute analyse quant à la hauteur, au timbre ou au rythme ; mais il semblait synchrone avec de vagues changements dans l'apparence de tous les objets indéterminés, organiques ou inorganiques.

Howard Phillips Lovecraft
La maison de la sorcière

À cause du principe d'incertitude de Heisenberg, il peut exister des particules d'une durée de vie extrêmement courte et à l'énergie très variable. Ces particules peuvent "emprunter" de l'énergie à la nature et apparaître, mais elles doivent tout de suite la rembourser car leur durée de vie est très petite. On les appelle particules virtuelles.

Ce sont des particules qui émergeraient du vide et y retourneraient tout de suite?

Oui, dans un cycle extrêmement court (10 puissance moins 33 secondes). À l'échelle de Planck (10 puissance moins 33 cm), l'espace peut donc être vu comme une sorte de mousse quantique constamment en fluctuation.

L'astrophysicien **Trinh Xuan Thuan** interviewé par Dominique Leglu

Merci à **Alain Pelosato** de m'avoir autorisé à publier certains de ses textes.

Prélude

Le Drac, par Frédéric Mistral
Extraits du
Poème du Rhône en 12 chants
En français et provençal. 1897

Je l'ai toujours entendu dire : sous le Rhône
(aïe! beaux mignons, si vous y perdiez pied!),
en des profondeurs qui sont inconnues,
fréquente, depuis que le monde est monde,
un farfadet nommé le Drac. Superbe
et Svelte ainsi qu'une lamproie, il se tortille
dans l'entonnoir des tourbillons où, blanc,
il vous transperce de ses deux yeux glauques.
Ses cheveux longs, verdâtres, floches comme
de l'algue,
lui flottent sur la tête au mouvement de
l'onde.
Il a les doigts, dit-on, et les orteils
palmés, comme un flamant de la Camargue,
et deux nageoires derrière le dos,
transparent comme deux dentelles bleues.
Les yeux à moitié clos, nu comme un ver,
il en est qui l'ont vu, au fond d'un gouffre,
nonchalamment couché au soleil sur le sable,
humant comme un lézard la réverbération.
Errant sous l'eau avec la Lune,
d'autres l'ont entrevu dans les flaques tranquilles,
qui à la dérobée tirait des fleurs d'Iris
ou de Nénuphar. Mais, puis le plus fort,
enfants, écoutez...

On raconte qu'un jour,
au quai de Beaucaire, une jeune femme
lavait au Rhône sa lessive.
Et en battant son linge tout à coup
elle aperçut dans le courant de la rivière
le Drac, frais et gaillard comme un nouvel
époux,
qui à travers le clair lui faisait signe.
- « Viens donc ! lui murmurait une voix douce,
« viens, je te montrerai, ô belle fille,
« le palais cristallin où je demeure,
« avec le lit d'argent où je me gîte ;
« et les rideaux d'azur qui le recouvrent.
« Viens donc que je te montre les richesses
« qui se sont entassées sous la vague
« depuis que les marchands y font naufrage,
« et que j'amoncelle en mes souterrains.
« Viens ! j'ai un nouveau-né qui n'est encore
qu'une larve,
« et qui, pour se nourrir dans la sapience,
« n'attend que ton lait, ô belle mortelle ! »
La jeune lavandière somnolente,
laissa tomber de sa main écumeuse
son battoir, et voilà : pour aller le chercher
troussant sa jupe vitement à mi-jambe
puis au genou, puis jusqu'à mi-cuisse,
bref, elle perdit pied. Le cours du fleuve
l'enveloppa de son flot violent,
l'entortilla, pantelante, aveuglée,
et l'entraîna aux abîmes farouches
qui tourbillonnent là-bas sous terre.
On eut beau la chercher avec la gaffe,
introuvable elle fut – et bien perdue

Des jours des ans passèrent. À Beaucaire,
personne hélas ! ne pensait plus à elle,
lorsqu'un matin, au bout de sept années,
on la vit qui rentrait, toute tranquille,
dans sa maison, son paquet sur la tête,
comme si du lavoir, à l'habitude,
elle s'en retournait : seulement un peu pâle.
Tous ses gens aussitôt la reconnurent
et chacun s'écria : « Mais d'où sors-tu ? »
Elle, se passant la main sur le front,
répondit : « Voyez cela me semble un songe...
« Mais qu'il vous plaise de le croire ou non,
« je sors du Rhône. En lavant ma lessive,
« mon battoir est tombé, et, pour l'avoir,
« dans un bas-fond terrible j'ai glissé...
« Et je me sentais embrassée sous l'eau
« par un fantôme, un spectre qui m'a prise
« ainsi qu'un jeune homme qui ferait un rapt
« Le cœur m'avait failli et, revenue à moi,
« dans une grotte vaste et pleine de fraîcheur
« et éclairée d'une lueur aqueuse,
« avec le Drac je mes suis vue seulette
« d'une jeune fille à demi noyée
« il avait un fils – et de son petit Drac,
« moi, pour nourrice, il m'a gardée sept ans. »

Le sable sous ses pieds était si doux!
Une impression moite, une fraîcheur tiède
l'enveloppait d'un charme halitueux.
À fleur de peau, à fleur de carnation,
mignardement les ondes tournoyantes

lui faisaient des baisers, des chatouillis,
en murmurant de suaves paroles
qui lui donnaient des spasmes de plaisir ...
Quand tout à coup, dans l'eau mobile
et transparente au clair de lune,
là-bas au fond, étendu sur la mousse
d'un lit d'émeraude, que va-t-elle voir?
un beau jouvenceau qui lui souriait.
Roulé comme un dieu, blanc comme l'ivoire,
il ondulait dans l'onde et sa main effilée
tenait une fleur, fleur de « jonc fleuri »,
qu'il présentait à la fillette nue.
Et de ses lèvres tremblantes et pâles
sortaient des mots d'amour mystérieux,
dans l'eau se perdant incompréhensibles
Avec ses yeux félins, fascinateurs,
il la faisait venir, craintive, stupéfaite,
et haletante de désir, à l'endroit
où crient merci le corps et l'âme.
Ensorcelée par l'émoi dans le fleuve
et par une plaisance étrange,
elle était là, pauvrette, comme celui qui songe
et auquel, effaré par quelque peur confuse,
s'il veut courir, cela est impossible.
Et sitôt qu'elle ouvrait les yeux vers le lutin
qui, entouré de sa lueur laiteuse,
semblait l'attendre en ses bras souples,
un frissonnement d'amour spontané
la jetait en langueur sous la voûte du ciel
et la faisait doucement défaillir.

De l'amour naissant ô bonheur suprême
Ô paradis de l'âme à foi naïve !

À un moment où le branle du fleuve
la soulevait et palpait tout entière,
à la renverse, les cheveux flottants
et les yeux clos par la crainte de voir
saillir sur l'eau les pointes de sa gorge,
soudain, comme l'éclair, elle se sent,
autour des hanches, une approche, un délice
qui l'a frôlée d'une fraîche caresse.

Aïe! elle se dresse d'un sursaut,
d'un tour de main rejette ses cheveux ruisselants
et voit, fuyant dans la masse liquide,
une ombre vague, serpentine et blanche,
qui disparaît. C'était le Drac. Instruite
de ses façons d'agir, l'Anglore, elle,
le reconnut fort bien, ayant à son giron
trouvé à l'instant une ombelle rose
de jonc fleuri. Pourtant, malgré son trouble,
elle prit, tout heureuse et pleine de son rêve,
la fleur qui nageait et retourna au lit.
Mais à âme qui vive, ce qu'elle avait cru voir,
elle se garda bien, mignonne, de le dire,
jalouse vraiment, autant qu'une chatte,
de sa vision trop tôt évanouie.
Ah! que de fois la jeune fille, cet été,
dans ses langueurs de nuitée chaude,
aux lunaisons si claires de septembre,
revint au délicieux appât de sa rencontre!
Mais elle remarqua une chose : à la
« mouille »
chaque fois qu'en entrant elle s'était signée,
ainsi qu'étant petite elle faisait toujours,

au cours fougueux de l'eau mystérieuse
en vain livrait-elle son corps virginal :
dans ces nuits-là, le beau génie du Rhône
à la baignade, - pauvre petite, attends,
attends toujours ! - lui faussait compagnie.

Garand se souvient de Dellys

Les commanditaires de Garand lui envoyèrent le rêve souvenir qui suit avant qu'il ne retourne à Espérance pour une nouvelle mission. Il comprendrait à quoi ce rappel pourrait lui servir. Ce souvenir était très lointain dans l'espace-temps d'Espérance. Pour Garand, il était très proche. Mais il ne s'en souvenait plus.

Depuis longtemps le maire d'Espérance voulait jumeler sa commune avec une ville algérienne. Ce n'était pas facile, car les Algériens étaient réticents. Le maire avait des contacts avec l'association France-Algérie. Ils proposaient une commune du Sud Algérois qui ne l'emballait pas.
Les motivations pour ce jumelage étaient évidentes : elles étaient électoralistes. La « communauté » était désormais très nombreuse à Givors. Les communistes parlaient des Algériens d'Espérance en disant « la communauté » comme si communauté il devait y avoir, il n'y avait que celle-là... La maison des jeunes avait noué des liens avec la ville de Dellys, située en Kabylie en bord de mer à l'est d'Alger. Il se trouva qu'un échange fut organisé entre le lycée d'Espérance et le lycée de Dellys. Le lycée en informa la mairie et le maire me demanda d'y aller avec eux. Ce que je fis avec grand plaisir !

En tant que policier, je devais m'informer des conditions éventuelles d'un jumelage avec cette petite ville côtière algérienne, dont le port était devenu désert, car toute activité y avait cessé... Pour quelle obscure raison ?

Nous sommes donc partis un car plein de jeunes lycéens, quelques profs, et des élus.

En 1989, alors que la campagne des élections européennes battait son plein en France, on rencontrait encore en Algérie les stigmates des révoltes de la « semoule » de l'année 1988. Ainsi dans la bonne commune de Dellys, on passait assez souvent devant la carcasse brûlée d'un bâtiment ayant visiblement servi d'entrepôt et que l'adjoint au maire de Dellys nous avait nommée « ancien centre commercial », incendié par les révoltes de la faim...

Le site de notre logement était merveilleux : un bâtiment bourgeois datant de la colonisation, autrefois utilisé pour loger les enseignants et la direction du lycée dans lequel il se trouvait, et aujourd'hui occupé par l'encadrement de notre délégation. Les élèves du lycée professionnel d'Espérance que nous accompagnions étaient logés dans les dortoirs des élèves algériens actuellement absents, car en vacances. La façade de ce bâtiment donnait sur la mer, la belle bleue, la méditerranée. Des volées de martinets noirs piaillaient en tournoyant autour de la bâtisse. Dans la cour, occupée par un petit potager cultivé par le gardien, des crapauds sautillaient un peu partout. La plupart de mes compagnons choisirent de dormir dans la grande salle avec balcon donnant sur la mer. Moi je préférais dormir en solitaire et je trouvais à caser un lit dans la cuisine. La fenêtre donnait sur le cimetière français de Dellys.

Des crapauds dans la cour, un cimetière, la mer (même si ce n'est pas l'océan) : une ambiance très lovecraftienne... On pourrait remplacer les martinets par des engoulevents et ce serait parfait ! Seul l'appel de la prière par les haut-parleurs de la mosquée voisine me réveillait systématiquement en sursaut tous les matins à cinq heures... Je ne m'y suis jamais habitué.

Notre séjour devint vraiment intéressant quand nous nous rendîmes à Bou Saada, aux confins du désert. Si le centre-ville nous apparut assez correct, nous n'allions pas tarder à apercevoir au loin des concentrations de ces constructions sommaires en agglomérés, non achevées avec encore les ferrailles du béton qui sortaient de la dalle au-dessus du rez-de-chaussée, seul niveau construit. À force de voir de telles constructions sommaires, je posais la question à notre aimable accompagnateur, l'adjoint au maire de Dellys, qui me répondit que c'était à cause d'une taxe, et que tant que la maison n'était pas terminée, la taxe n'était pas due... Cela me rappelle un vieux film néoréaliste italien où les gens très pauvres devaient construire leur maison sur un terrain public avant la fin de la nuit, car une fois la maison construite, les autorités ne pouvaient plus la démolir. Face à la misère, on se débat comme on peut !

En Algérie, ce qui surprend d'abord - comme dans tous les pays musulmans je présume : j'ai fait la même constatation en Tunisie, quoi que dans une moindre mesure... - ce qui surprend d'abord, dis-je (et qui est très ennuyeux) c'est qu'on ne voit pas de femmes dans les lieux publics. Ou si peu, quelques blancs fantômes qui rasent les murs, le visage caché par un voile opaque. On ne les voit d'ailleurs pas dans les lieux privés non plus (mais où sont-elles ?) Par exemple, les professeurs du lycée qui nous hébergeait nous ont invités à déjeuner à leur domicile. Eh bien, nous n'avons pas vu leurs femmes, car elles sont restées dans la cuisine et nous avons mangé avec leurs maris sans elles et ce fut leurs maris qui firent le service. Ces appartements étaient identiques à ceux qui avaient été construits par la municipalité communiste d'Espérance dans les années 50 et même 60 : 56 mètres carrés pour un quatre pièces avec une minuscule cuisine de trois mètres carrés. Cette cité avait été construite au bord de la mer à Dellys, visiblement réservée à une certaine élite de la société algérienne. La vue sur la mer du balcon était assez édifiante : de nombreux enfants jouaient au bord et dans la mer à proximité du tuyau d'égout qui y déversait les eaux usées de la cité.

o

o   o

Donc, revenons à Bou Saada. Là on voyait des femmes, le corps complètement enveloppé dans un grand drap blanc, seul le bras dépassant de ce tissu pour le tenir fermé et laisser simplement une ouverture pour un œil afin que ce fantôme puisse voir où il va. Les professeurs kabyles qui nous accompagnaient ne manquaient pas d'ironiser sur cette tenue. Les professeurs algériens moquaient cette tenue.

Nous avions visité une oasis auprès de laquelle un moulin avait été construit, utilisant la chute d'eau de l'oued... De jeunes garçons très malins pêchaient de petits poissons frétillants avec une ligne toute simple constituée d'un fil à coudre et d'un hameçon bricolé. Ça me rappelait que je pêchais aussi comme ça dans les tout petits ruisseaux de Lorraine quand j'allais en vacances chez ma marraine qui était cuisinière dans un château. Un vrai moment de bonheur en cette oasis. J'aperçus au loin, une grande concentration de ces maisons non terminées en agglos, un peu plus loin une installation de forage et un camion-citerne faisant des allées et venues vraisemblablement pour alimenter ces « cités » en eau potable. Nous avons fait une halte au bord de la route poussiéreuse pour admirer les fameux jardins de Bou Saada, un oued coulant en contrebas au milieu de magnifiques jardins verdoyants et luxuriants.

C'est à Bou Saada qu'un de mes compagnons me proposa de faire une virée en taxi en passant par Sétif, la ville de la famille d'un jeune ami d'origine algérienne qui nous accompagnait. Nous laissâmes partir le car sans nous et nous voilà livrés à nous-mêmes, quatre garçons dans le vent ! Je dois dire que lors de notre retour à Dellys quelques jours plus tard je me suis vu fermement reprocher d'avoir voyagé en Algérie sans mes papiers ! Le reproche était justifié...

Cette année-là, on parlait beaucoup en Algérie des prochaines élections. Le FIS (Front islamique du salut) était devenu très populaire, et nous assistions souvent à des discussions enflammées de nos amis algériens entre eux. Tous prédisaient le succès électoral du FIS, car le FLN (Front de libération nationale) était accusé de corruption et portait la responsabilité du déclin de ce si beau pays. Ce pronostic électoral s'est avéré juste hélas.

Tout cela pour dire qu'on n'en était pas encore à la guerre civile que l'Algérie connaîtrait quelques années plus tard.

Notre premier départ en taxi se fit sans encombre de Bou Saada jusqu'à M'sala, toujours aux confins du désert. Le paysage changeait : ce n'étaient plus les montagnes verdoyantes de la Kabylie.

Les taxis étaient tenus par d'anciens moudjahidines, c'est comme cela qu'ils appellent les combattants de la guerre de libération contre les Français. Il faut noter au passage que notre accompagnateur, l'adjoint au maire de Dellys, ne manquait jamais une occasion de parler de « l'occupation » quand il s'agissait pour lui de parler de l'époque coloniale. Au début, je frémissais, mais ensuite, j'ai pris l'habitude du langage un peu fruste et provocateur de cet individu. Donc, seuls ces anciens combattants pouvaient avoir la licence de taxi. Peu d'entre eux exerçaient cette profession. Ils se faisaient une confortable rente en louant leur taxi à un professionnel. Certains, pour rentabiliser leur affaire, se procuraient une voiture break à laquelle ils ajoutaient un siège à trois places à l'arrière. Leur taxi pouvait ainsi emmener sept personnes. Les trajets étant toujours assez long (l'Algérie est un très grand pays peu peuplé et sorti de la bande côtière, il y a de très grandes distances entre les villes) le chauffeur attendait patiemment d'avoir les sept clients au complet pour partir. Nous étions quatre et nous avions trouvé un taxi avec trois autres clients. M'sala était une ville poussiéreuse écrasée par le soleil. L'attente fut très longue : d'abord avant qu'un taxi ne se présente ensuite que trois autres clients veuillent bien s'en servir. Ce moment arriva alors que nous étions blancs de poussière et assoiffés. Nous fûmes arrêtés par un barrage de l'armée (les années qui suivirent, je me souvenais toujours de cet épisode quand je lisais dans les journaux que des gens se faisaient massacrer par les islamistes à un faux barrage de police) où ils ne demandèrent les papiers qu'aux Algériens et pas à nous. Heureusement pour moi, car c'est à ce moment-là que je me serais aperçu que j'avais laissé mes papiers dans le car ! Dieu sait comment je me serais sorti de cette affaire ! À part cela le voyage se passa bien entre M'sala et Sétif.

o

o o

Dans cette ville de Sétif très coloniale, le père de notre ami possédait une maison. Nous y passâmes une nuit. Nous fûmes accueillis chaleureusement par des membres de sa famille comme seuls savent le faire de manière aussi charmante les Algériens. Nous allâmes au Hammam, ce qui franchement, pour moi, ne fut pas une expérience agréable. J'ai assisté stupéfié à une séance de « kinésithérapie » qui m'apparut plus comme une séance de torture qu'un traitement, mais cela n'était qu'une illusion, car après cette séance le patient sembla dans une grande forme ! Le masseur prenait un membre de son patient entre ses mains, et plaçait ses pieds à la naissance du membre et semblait tirer comme un taureau. En réalité j'imagine que la force qu'il exerçait était mesurée simplement pour détendre les muscles et les tendons et non pas pour les briser. N'empêche que le spectacle valait la peine.

Ensuite, de Sétif, nous partîmes pour Bejaïa (Boujie en langage colon...) accompagnés par un membre de la famille de notre ami. Nous avons traversé la gorge des singes, une petite route qui serpente en corniche sur le flanc d'une gorge encaissée, mais très verdoyante et nous roulions le long d'une haie d'honneur constituée par des singes peu farouches. Il est de tradition pour le touriste de s'arrêter et de donner quelque bonne chose à ces gentils animaux, ce que nous avons évidemment fait.

À Bejaïa, j'ai dû me faire un ulcère à l'estomac en mangeant un sandwich très pimenté. Il faut dire que les charmants jeunes hommes qui vendaient des sandwiches à la merguez ne manquaient jamais de poser la question : « Mayonnaise ou harissa ? » Et moi je répondais toujours « harissa » (vous avez essayé de manger une merguez à la mayonnaise ?) sans oser demander de ne pas en mettre trop... Ben... résultat ? Je ne vous fais pas un dessin.

Pour notre petite aventure, j'avais une carte de l'Afrique pour nous repérer. Pas très précis, je vous l'accorde, mais que voulez-vous, on est aventureux ou pas ! Donc, sur cette carte de l'Afrique, il était clairement indiqué qu'une route longeait la côte, de Bejaïa à Dellys. C'est avec cette carte qu'on avait fait notre itinéraire. Alors on entreprit de demander à un taxi de nous emmener à Dellys. Je fus assez surpris d'aligner refus sur refus... Incompréhensible. On avait beau agiter nos beaux billets français, cela ne semblait pas faire changer d'avis les chauffeurs. Pourtant il y en avait des files entières qui attendaient le client. Après de nombreux palabres, on en a trouvé un qui accepta de nous emmener pour une somme astronomique... Le gars parlait très bien le français et le marchandage fut possible. À la fin je lui demandais pourquoi il demandait si cher et, accessoirement, pourquoi les autres avaient refusé, il m'avait répondu : « Ici c'est pas la France, il n'y a pas d'autoroutes... »

À cette époque, j'étais assez bouché pour ne pas voir les dangers qui arrivaient et cela ne m'a pas donné la puce à l'oreille. Nous quittâmes Bejaïa le soir, à la nuit tombée. C'est dommage, car nous n'avons pas pu admirer le paysage tout au long de cette piste qui longeait la mer pour nous emmener vers Dellys. Le voyage fut assez éprouvant pour le chauffeur qui devait rester très vigilant, car souvent il fallait contourner de vrais gouffres béants en plein milieu du chemin...

Arrivé à Dellys après plusieurs heures de chemin escarpé, le chauffeur me demanda s'il pouvait passer la nuit avec son taxi dans l'enceinte du lycée qui était gardé. Il craignait pour son taxi (une belle Peugeot toute neuve) et aussi pour sa sécurité. Je lui répondis que je pouvais, bien sûr, demander l'autorisation au gardien, mais finalement, au dernier moment, juste devant la barrière d'entrée de l'établissement, il changea d'avis et repartit seul dans la nuit noire.

Il est vrai que les problèmes de sécurité devaient être réels. Et nous en avons fait une expérience concrète.

Nos élèves (élèves de lycée professionnel, donc des jeunes hommes et jeunes filles) dormaient dans le dortoir des élèves. Ils se plaignaient de vols de certains de leurs effets.

Et comme nous étions les seuls habitants du lycée mis à part le gardien qui faisait office d'économe, les soupçons se dirigeaient entre les élèves eux-mêmes.

Pour en avoir le cœur net, un professeur décida de dormir dans le couloir, à même le sol dans un sac de couchage, avec le vague espoir de prendre sur le fait le ou les voleurs qui devaient sans doute emprunter ce parcours pour circuler entre les chambres.

Son projet atteignit son objectif au-delà de ses espérances !

En effet, il fut brutalement réveillé en pleine nuit par la douleur d'un piétinement sur son corps. Il se leva en criant et parvint à allumer la lumière et mit en fuite plusieurs agresseurs par la rapidité de sa réaction. Avec l'aide du gardien et après une course poursuite dans les couloirs, ils finirent par mettre la main sur de jeunes Algériens inconnus.

Le gardien avait appelé la police et les individus furent donc officiellement interpellés.

Ce n'était pas des étudiants fréquentant le lycée. C'était plutôt des jeunes cas sociaux venant d'une ville réputée pour être le territoire de ce genre de délinquants. Je ne me souviens plus du nom de cette ville, et même si je m'en étais souvenu je me garderais bien de citer ce nom, car, évidemment, il nous était impossible de vérifier ces dires. Ces jeunes voyous s'étaient introduits dans le lycée en passant par le cimetière voisin et en empruntant un appentis adossé au bâtiment des dortoirs du lycée.

Je dormais dans la cuisine dont la fenêtre donnait sur ce cimetière de colons. Absolument pas entretenu. Quand on s'y promenait, l'odeur de charogne était persistante. Cette nuit-là, je regardai par la fenêtre. Le cimetière aurait dû être dans une obscurité totale... Or, ce n'était pas le cas. Une lumière violette éclairait les tombes sans qu'elle ne produise une ombre, elle semblait donc provenir de toutes les dimensions de cet espace. J'entendais comme un murmure sourd qui résonnait en se multipliant... Je ne saisissais pas ce qui était marmonné... J'ouvris la fenêtre et entendis distinctement, bien que cela soit murmuré, psalmodié : « Shub-Niggurath ! Shub-Niggurath ! ». Je vis alors l'Homme Noir qui avait posé un gros livre sur une pierre tombale et qui montrait du doigt des passages à Keziah Mason la sorcière. Je regardai si je pouvais m'introduire dans le cimetière par cette fenêtre : c'était impossible. Mais pourquoi ceux qui m'envoyaient ainsi en mission ne me donnaient-ils pas plus de moyens ? La seule possibilité de rejoindre le cimetière était de passer dans le sens inverse de celui qu'avaient emprunté les voleurs. Et cela m'était également impossible.

Le lendemain j'ai visité ce cimetière, profitant d'un moment de répit. Mais je n'ai rien trouvé. J'ai recherché la tombe sur laquelle l'Homme Noir avait posé le livre (sans doute le Necronomicon...) et j'ai trouvé sur la dalle du tombeau la forme du livre ouvert, comme gravée dans la pierre par un feu puissant...

o

o   o

L'eau potable du robinet était saumâtre. Tous les soirs nous invitions les professeurs à boire un petit apéro, tradition à laquelle ils vouaient une grande fidélité. Je questionnai l'adjoint au maire sur le goût salé de l'eau « potable », il me répondit qu'ils avaient un problème d'assèchement d'un oued dans lequel ils pompaient dans la nappe phréatique ce qui faisait reculer l'eau douce de cette dernière face à la pression de l'eau de mer. Il m'assura qu'ils allaient alimenter le réseau à partir d'un autre puits.

En tous les cas, tous, nous autres descendants de l'occupant, nous continuions à boire du pastis à l'eau salée. Nous craignions bien sûr la maladie courante du touriste : la bonne chiasse. J'avais longtemps lutté en prenant toutes les précautions possibles : pastilles de désinfection de l'eau du robinet, veiller à une grande propreté et se méfier de certains contacts dans les lieux publics. Évidemment, je n'y ai pas échappé. Je crois l'avoir prise lors d'une balade dans Alger, alors qu'il faisait très chaud en ce mois de juin, j'aperçus une file d'attente de gars (c'est un euphémisme, il ne peut y avoir que des hommes dans l'espace

public ici…) qui patientaient devant un magnifique stand de vente d'une boisson fraîche : de
l'eau parfumée au sirop et réfrigérée.

Auparavant j'étais rentré dans un café, type
café parisien avec bar en zinc, dans lequel
j'avais aperçu une affichette collée au mur sur
laquelle il était inscrit : « Kronenbourg » !
Alors que je demandais une bière au barman,
il me répondit vertement qu'il ne vendait pas
d'alcool, et alors que je lui montrais
l'affichette, il roula de gros yeux étonnés…

Donc je fis la queue dans la file et arrivé à
mon tour je m'aperçus que le vendeur n'avait
qu'un seul verre qu'il utilisait pour tous les
clients, verre qu'il rinçait dans un seau d'eau
très trouble. Je maudis mon imprudence et
néanmoins n'osai pas refuser et je bus le merveilleux liquide rouge, glacé et sucré… dans un
verre très sale ! Je n'affirme pas que la
chiasse que je pris quelques heures plus tard
avait pour origine ce verre, mais néanmoins,
elle survint immédiatement après.

Moi qui ai failli devenir alcoolique par amour
de la bière, je dois dire que boire un bon demi
me manqua beaucoup lors de ce séjour. Une
fois, à Tizi Ouzou, je découvris un bar dans
lequel ils ne vendaient que de la bière ! Un
paradis dans ce pays hostile au cochon et à
l'alcool. D'ailleurs nous avions rencontré des
jeunes dans la Casbah qui nous avaient demandé où nous logions, quand nous leur
avions dit que c'était à Dellys, ils avaient ho-
ché la tête en riant et en disant : « Un fief

islamiste ! Pas de bière là-bas ! Rigoureuse-
ment interdit... »

Donc j'ai pris la chiasse. C'est un peu ennuyeux, surtout dans un pays où la pratique
de l'hygiène après avoir fait ses besoins
comme on dit, ne sont pas les mêmes que
chez nous. Là-bas ils se lavent les fesses à
l'eau, c'est pourquoi il y a presque toujours un
robinet d'eau à hauteur d'un homme accroupi
dans les cabinets bien tenus.

Le problème c'est que dans nos logements
tous les WC étaient bouchés. La plomberie
laissait totalement à désirer. Un plombier est
bien venu, mais n'a rien pu faire, car, a-t-il
dit, il n'avait pas les pièces.

J'avais pris l'habitude de fréquenter un cabinet
situé au rez-de-chaussée, et je frémis en pensant à cet énorme insecte, un genre de cafard
aussi long que mon majeur et orné d'une paire
d'antennes qui contournaient son corps mas-
sif. Cette bestiole sursautait au milieu de la
minuscule pièce à chaque fois que j'allumais la
lumière et se planquait derrière la cuvette. Je
devais alors expulser mes excréments malo-
dorants en compagnie de cette horrible créature. Franchement les conditions n'étaient pas
réunies pour la sérénité nécessaire dans des
moments aussi pénibles !

Nous avions aussi fait un pique-nique sur la
plage. Ce qui était aussi étonnant sur ces
plages algériennes, c'était l'absence de
femmes, sauf une ou deux restées très habil-
lées. En général, elles étaient assez fréquen-

tées par de jeunes garçons, en maillot de bain, bien sûr. Le soleil tapait dur et nos invités n'avaient pas les moyens de nous offrir des parasols. On avait bien cuit, en se rafraîchissant de temps en temps dans l'eau délicieuse de la Méditerranée. Cela s'est très bien passé sans parler de l'intervention d'un barbu tout habillé de blanc qui interpella un de nos amis en lui disant qu'il ne fallait pas laisser les femmes se baigner, car cela souillait la mer. Finalement, ils devaient bien avoir raison ces petits jeunes sympas de la Casbah d'Alger.

o

o   o

Tous les matins, vers huit heures, j'affrontais le soleil déjà très chaud et me rendais chez un marchand de journaux, tenu par un barbu, pour y acheter mon journal de France. Il avait toujours deux à trois jours de retard… D'ailleurs, la période de mon séjour à Dellys devait être la seule au cours de laquelle le barbu vendait ce journal.

J'appréciais aussi beaucoup les soirées au café, sur une terrasse qui surplombait la mer. En compagnie de nos invités avec lesquels nous avions des échanges très libres et donc, très intéressants. Comme je l'ai dit plus haut, ces professeurs tous kabyles, avaient prévu la victoire électorale du FIS. J'aimerais pouvoir les revoir et parler avec eux du chemin parcouru par l'Algérie 12 ans plus tard.

J'eus l'occasion de le faire en février 2000, mais cette fois à l'ouest d'Alger, dans la commune d'Aïn Benian.

Et pour terminer sur Dellys, voici une dépêche de l'AFP datée de 2007, soit 19 ans après mon séjour là-bas...

DELLYS (AFP) - Une attaque-suicide a fait samedi (08/09/2007) 28 morts, dont la plupart des garde-côtes de la marine de guerre algérienne, et une soixantaine de blessés à Dellys, petit port de Kabylie, à 70 km à l'est d'Alger, selon un bilan provisoire de sources hospitalières.

Il s'agit de l'un des attentats les plus meurtriers survenus en Algérie ces derniers mois.

Le bilan risque de s'aggraver lourdement, selon un officier de la protection civile. Plusieurs civils, notamment des travailleurs du port, figurent parmi les blessés.

Le chef du gouvernement algérien, Abdelaziz Belkhadem, a affirmé samedi que le terrorisme islamiste était "en déclin" en Algérie, car les auteurs d'attentats "n'ont pas réussi, depuis dix-sept ans, et ne réussiront jamais dans leur besogne désespérée de frapper la stabilité du pays".

M. Belkhadem a estimé que l'attentat de Dellys était "une tentative de parasiter la politique de réconciliation nationale de la part de ceux qui se sont détournés du droit chemin", dans une référence aux islamistes armés ayant refusé de se rendre dans le cadre de la politique de réconciliation nationale du président Abdelaziz Bouteflika.

Le kamikaze était à bord d'une fourgonnette bourrée d'explosifs, selon les premiers témoignages recueillis par l'AFP. Son identité et son appartenance politique ne sont pas connues.

L'attentat n'avait pas été revendiqué samedi en début d'après-midi.

Le kamikaze visait une caserne des garde-côtes de la marine algérienne. Il a défoncé une porte d'entrée à l'arrière de la caserne et a pénétré à une vingtaine de mètres à l'intérieur, selon des témoins.

La fourgonnette, immatriculée dans le département d'Alger, servait à l'approvisionnement de la caserne. Le livreur habituel avait été enlevé peu avant l'attentat et remplacé par le kamikaze, selon les premiers éléments de l'enquête.

Le fourgon a explosé à l'intérieur de la caserne composée de chalets en préfabriqué, dont la plupart ont été éventrés par la puissance du souffle de la déflagration. Des débris de bois, de ferraille et de béton jonchaient le port sur plusieurs centaines de mètres. Des vêtements et des valises ont été projetés sur les poteaux électriques et les barrières du port.

Une noria d'ambulances et d'hélicoptères était visible à partir des lieux de l'attentat.

Le port a été bouclé et un cordon de policiers antiterroristes y a été déployé. Les forces de sécurité ont pris position dans la ville, alors que la population consternée tentait de s'informer auprès de policiers nerveux.

La région de Dellys, en Kabylie, avait été le théâtre de plusieurs attaques islamistes ces dernières années.

Adossée à la montagne de Sidi Ali Bounab, connue pour sa forêt touffue, elle est considérée comme un fief des islamistes depuis le début des violences en 1990 en Algérie.

Cette attaque à la voiture piégée intervient au surlendemain d'un attentat-suicide visant le cortège du président Abdelaziz Bouteflika à Batna (est de l'Algérie), qui a fait 22 morts et plus de 100 blessés, et à quelques jours du début du ramadan (jeûne musulman) propice au jihad, selon les islamistes.

Plusieurs attentats kamikazes ont eu lieu depuis le 11 avril en Algérie. Deux attaques simultanées à la voiture piégée avaient visé le palais du gouvernement (centre d'Alger) et un commissariat, faisant au moins 30 morts et plus de 200 blessés, selon un bilan officiel.

À Lakhdaria (ancienne Palestro, 70 km à l'est d'Alger), une caserne de l'armée avait été le 11 juillet la cible d'un kamikaze à bord d'un véhicule frigorifique piégé. L'attaque avait fait 10 morts et 35 blessés parmi les militaires.

Les attentats d'Alger et de Lakhdaria avaient été revendiqués par la Branche d'Al-Qaïda au Maghreb (ex-GSPC algérien), affiliée à la nébuleuse d'Oussama ben Laden et dirigé par Abdelmalek Droukdel, alias Abou Mossab Abdelouadoud.

Selon les experts algériens de l'antiterrorisme, ce groupe aurait constitué une brigade de kamikazes parmi les jeunes recrues du maquis, dont le fils d'Ali Belhadj, ancien numéro deux du Front islamique du salut (FIS, dissous), Abdel Qahar Belhadj, âge de 20 ans.

Les autorités, qui redoutent la multiplication de ces attaques-suicides, contre lesquelles elles cherchent en vain une parade, ont durci le ton contre les islamistes armés.

Alice et le Drac

La grande ville au nord d'Espérance où résidait la famille Calmet était une ville fluviale, au confluent du fleuve et de son affluent principal. Cette confluence se trouvait en aval de cette grande ville universitaire très animée dès le matin.

Quand Alice sortit de son immeuble, elle vit immédiatement le Drac. Elle n'aurait même pas eu besoin de tourner le regard vers lui, car tous ses sens extrasensoriels étaient en activité quand elle sortait. C'était une question vitale. Elle ne pouvait pas baisser la garde.

Le Drac savait tout cela et attendit qu'elle s'approchât. Il avait sa forme de très beau jeune homme. Si beau et si lumineux que tous les regards des passantes se tournaient vers lui.

« Bonjour ! lui lança Alice. Quels sont les événements qui vous amènent ?

- Bonjour Alice. Pourrions-nous nous voir à l'abri des regards et des oreilles indiscrets ? »

Ils formaient tous les deux un magnifique couple, elle avec ses yeux verts, sa silhouette merveilleusement proportionnée, ses longs cheveux bouclés, et lui, avec sa stature, ses yeux dorés, son visage d'ange…

Il avait l'air grave. Elle lui proposa de monter au bureau de l'équipe de détectives que sa famille composait : le père d'Alice, Jean et sa mère Véronique.

Elle sonna à l'interphone pour les prévenir.

« C'est Alice, je monte avec le Drac ! »

La serrure électrique s'ouvrit dans un claquement.

Ils empruntèrent l'ascenseur. Le Drac ne se permit aucune attitude incorrecte (il était coutumier de cela) car il n'ignorait par les immenses pouvoirs de la jeune femme.

Quand les portes de l'ascenseur s'ouvrirent, ils virent que Jean les attendait devant la porte des bureaux de l'agence familiale.

Alice ralentit sa marche et demanda au Drac de passer devant. Il le fit sans problème et tendit la main à Jean qui n'hésita pas à la saisir. Là aussi il faisait confiance à ses capacités mentales et physiques pour ne pas craindre cette créature qui pouvait quand elle le voulait, devenir maléfique.

Ils rentrèrent et s'installèrent dans un bureau où les attendait déjà Véronique.

Le Drac prit immédiatement la parole. Les formules de politesse étaient inutiles entre eux sachant que, depuis longtemps, Alice collaborait étroitement avec le Drac pour réaliser ses voyages dans le système solaire, portée par le vent solaire.

« Cette nuit, j'ai pris la forme d'un brochet pour inspecter un peu les profondeurs du fleuve. J'aime faire ça de temps en temps. Cela m'oblige à tenir compte des contingences naturelles que je peux si facilement éviter.

Mais il me faut parfois les subir, une espèce d'entraînement. Mais je dois être sur mes gardes, car ces corps organiques qui me portent (y compris celui-ci) sont évidemment vulnérables.

J'ai assisté de loin à une scène assez impressionnante.

J'y ai vu de loin, la sorcière Kiezah Mason avec son Familier, le rat Brown Jenkin. Elle avait sa forme de petite vieille bossue qu'elle affectionne particulièrement. Ce genre de créature se fiche de séduire, car elle ne se préoccupe que d'imposer sa loi, ou plutôt celle des créatures cosmiques qu'elle sert.

Quand on voyage dans les dimensions qu'elle est capable d'occuper, et où elle réussit à attirer ses victimes grâce au rêve, ces dernières la voient sous forme d'un conglomérat de bulles et le rat sous la forme d'un tétraèdre. »

La petite famille de détectives était tout ouïe.

Ils savaient tout cela, car Lovecraft leur avait expliqué. Et c'était très bien décrit dans son court roman « La Maison de la sorcière ». Mais, l'écouter de la bouche du Drac qui n'avait jamais parlé à Lovecraft, ni lu ses œuvres, leur permettait de déterminer la vraisemblance de ses dires. D'autre part, il semblait leur apporter des informations factuelles d'ici-bas...

« La lumière violette qui accompagne cette créature montrait à l'évidence qu'elle était en pleine action.

Elle était intéressée par un petit rassemblement de « jeunes » au bord du fleuve, à proximité du port de plaisance. Ces « jeunes » désœuvrés, passait des nuits à boire de la bière (mais souvent aussi des alcools bien plus forts) et à parler, palabrer... Plus le temps passait, plus ils avaient bu, plus fortes était leurs paroles et même leurs cris, leurs rires et leurs mots vulgaires...

La lumière violette donc indiquait que Keziah prenait une autre apparence. Elle se transforma en belle jeune femme nue accompagnée d'un chat noir.

Elle apparut ainsi au bord de l'eau, juste sur la rampe de mise à l'eau des bateaux. Les jeunes hommes s'esclaffèrent, je ne vous explique pas les mots grossiers qu'ils utilisèrent à la vue de ce beau spectacle.

Mais Keziah a vite eu le dernier mot. Elle soumit les jeunes hommesà sa volonté en une seconde quand elle le décida et prononça des formules pour un rituel de sorcière : « Je vous oblige à rencontrer l'Homme Noir et vous irez devant le trône d'Azathoth au cœur de l'ultime Chaos. Vous signerez de votre sang le livre d'Azathoth et adopterez un nom secret ce qui me permettra de disposer, d'abord dans cette ville, et ensuite dans le monde entier d'une armée d'hommes totalement soumis à mes volontés. »

Dès qu'elle se mit à parler, les jeunes hommes se turent. Ils se levèrent et baissèrent la tête dans une posture de soumission. Keziah redevint la petite vielle bossue et le chat noir redevint le rat. Ils tournèrent les talons et entrèrent dans l'eau pour atteindre les profondeurs du fleuve, son lit vaseux et tous les déchets qui y sont déposés par les représentants les plus ignobles de l'espèce humaine : voitures volées, et autres véhicules, et des récipients de boissons et autres liquides les plus divers. Les jeunes hommes soumis la suivirent... Le fond du fleuve est aussi le lieu de divers passages, comme celui que j'utilise pour Alice, mais bien d'autres encore... »

Voilà le récit que fit le Drac à nos trois détectives de l'étrange.

Puis il prit congé.

« Bon, eh bien nous croyions être débarrassés, ce n'est pas le cas... Sonia n'a pas dû réussir à maintenir Keziah dans sa prison psychique. Visiblement la sorcière ne s'intéresse plus à elle... soliloqua Alice.

- Je ne sais pas... Sonia va sans doute rester la maison de Keziah... Son lieu de refuge, de cachette. Répondit Véronique.
- Je vais aller la voir, décida Alice.
- Fais attention à toi, lui dit son père.
- Bien sûr, tu me connais, je fais toujours attention, toujours... Je vous tiens au courant.
- Attends, lui dit soudain son père Jean. Si ma mémoire est bonne, Keziah a un lien avec l'Homme Noir du culte des sorcières, et le Nyarlathotep du Necro-

nomicon. Mais aussi avec Shub-Niggurath Le Bouc aux Mille Chevreaux... Il faudra tenir compte de cela, car ce dernier est le dieu maléfique de la fertilité. Il doit y avoir encore une histoire d'amour, de préférence impossible, pour produire l'énergie noire nécessaire pour que Keziah puisse officier de cette manière !

- Oui, tu as raison, répondit Alice, je vais aller voir Lovecraft.
- Moi je te rejoindrai plus tard, je vais préparer mon matériel de pêche et je vais aller pêcher là-bas au bord du fleuve. »

Keziah Mason est de retour

Sonia avait très mal dormi.

Elle avait fait des rêves épouvantables.

Elle avait ressassé cette citation de Howard Pillips Lovecraft : « Elle parlait au juge Hawthorne de lignes et de courbes qu'on pouvait tracer pour indiquer les voies qui menaient à travers les murs à des espaces différents au-delà du nôtre (...) »

Ce « Elle » dont il s'agit ici, c'est Keziah Mason, qui avait pris possession de son corps il y a peu et qu'elle avait réussi à enfermer dans sa prison interne. Mais elle savait depuis le début que Keziah ne se laissait pas enfermer facilement. Depuis le XVIIe siècle d'où elle venait, depuis qu'elle s'était évadée de la prison de Salem, elle en avait réalisé des évasions... Déjà, quand il parlait d'elle à cette époque, HPL la qualifiait de « vieille ».

Sonia ne ressentait rien de spécial à part ses cauchemars. Mais elle était sûre d'une chose : Keziah n'était plus prisonnière. Elle avait brisé les barreaux psychiques de Sonia. Mais elle ne se manifestait pas encore... Cela viendrait, sans doute au moment où elle s'y attendrait le moins...

En attendant, elle secoua Henry qui ronflait encore à ses côtés...

« Eh ! Henry ! Réveille-toi, c'est l'heure du petit déjeuner...

- Mmmmhhh, déjà ? Il est quelle heure ?

- Onze heures !
- Ah oui ?! Faut se lever alors... Dis donc, tu as bougé cette nuit... J'ai très mal dormi. J'ai rêvé à Brown Jenkin.
- Ah ! Zut. C'est pas bon signe !
- Comme tu dis. Où en es-tu avec Keziah Mason ?
- Ben je n'en sais rien, elle ne se manifeste pas. Alors je me garde de faire quoi que ce soit qu'elle puisse saisir pour s'évader... À part ça, j'ai aussi rêvé de toi. J'avais eu connaissance de ton journal que Lovecraft m'a communiqué, mais j'ai bien vu qu'il était très partiel ! Fais-moi connaître la suite, pour voir un peu si tu écris la vérité dans ton « journal » !
- Oh ça va ! Je vais l'imprimer et de le donner à lire.
- OK je prépare le petit déjeuner en attendant. »

Au petit déjeuner, Henry lui tendit une liasse de feuilles. Elle la saisit et se mit à lire...

Sonia lisait et Keziah regardait par-dessus son épaule et lisait aussi...

Henry regardait sa maîtresse avec une pointe d'inquiétude. En effet, il la trouvait soudain différente. Quelque peu sardonique. Pourquoi lui demandait-elle de lire son journal, enfin, la partie qu'elle n'avait pas encore lue ?

« Pourquoi, insista-t-il, veux-tu lire ce journal ? Tu connais l'histoire, pourtant.

- Parce que je veux voir si tu as écrit la vérité, je viens de te le dire... »

Elle lui jeta un regard perçant. Il aurait juré que ses yeux avaient changé de couleur...

Quelque part, pas loin, mais dans le même autre espace-temps que sa maîtresse, Brown Jenkin ricanait et, assis sur son postérieur, agitait ses quatre petites mains humaines pour simuler des marionnettes.

Henry entendait une lamentation, une incantation, sourde et ténébreuse...

« Iä ! Shub-Niggurath ! Le Bouc aux Mille Chevreaux... » Entendait-il. Ou croyait-il entendre.

Tout cela ne lui disait rien qui vaille.

Mais sa Sonia lisait son histoire d'amour les yeux perçants et avides...

Était-elle toujours sa Sonia ?

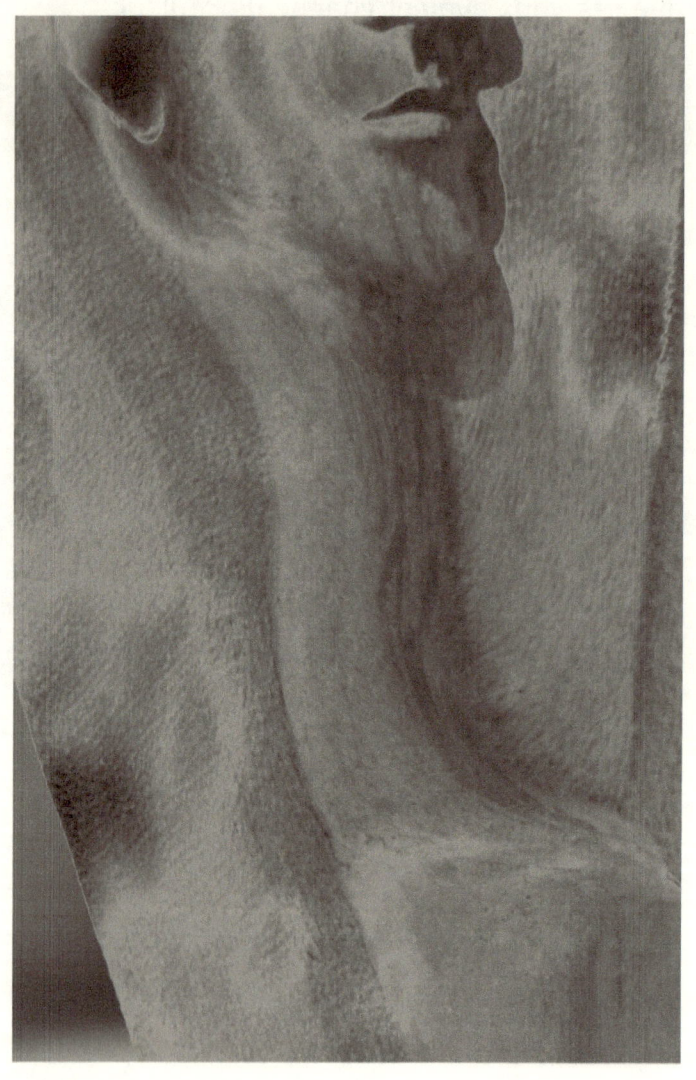

Le journal de Wilcox 1[1]

Le rêve de Sonia.

« J'étais avec quelqu'un, mais je ne saurais pas te dire qui. On était dans un village ancien, tu sais, avec des rues en pierres... Et au loin, il y avait une foule agitée et tu étais au milieu. Je m'inquiétai pour toi. Puis est arrivé un camion bâché, comme les camions de la Gestapo, et des hommes en sont sortis et ont arrêté plein de gens. Mais il y en avait qui étaient restés après le départ de la Gestapo. Et je t'ai appelé, terrifiée à l'idée qu'ils t'aient emmené. Puis je t'ai vu adossé à un mur et j'ai voulu te prendre dans mes bras pour te faire un câlin. Mais tu avais le regard dur et tu m'as fait des reproches :

« Ils ont failli m'enlever et tu n'as rien fait !

- Non... Je n'osais pas crier ton nom de peur de te faire remarquer !
- Tu n'as rien fait et j'aurais pu être enlevé... et on ne se serait plus jamais vus ! »

Puis tu es parti et je me suis réveillée terrorisée. Pour un peu, j'allais t'appeler au petit matin pour te dire que je ne t'aurais pas laissé enlever... »

J'ai pu appeler Sonia vers 14 heures 15.

---

[1] Pour lire la première partie, et une autre version du journal de Wilcox voir, le volume précédent « Cthulhu dégage Nyarlathotep arrive »

Elle a été très charmante. Elle s'est garée pour pouvoir me parler et elle s'est mise en retard au boulot.

On a eu une discussion sur les dates de nos amours. Elle m'a posé une question, puisque la veille j'avais dit qu'on avait fait l'amour le 20 avril. Or elle contestait cette date. De plus, j'en voyais une de plus qu'elle ! Le 14 mai : j'ai dû l'inventer ?

Elle se trompait sur le jour où je suis venu « traité » comme elle a dit. Cela ne s'est pas passé en avril, mais en mai.

C'était vrai que je ne suis pas allé chez elle le 20 avril, car j'ai vu le ticket de cinéma et j'ai vu le film...

D'après elle donc : lundi 6 avril, lundi 27 avril, lundi 11 mai. Je suis également allé chez elle le 10 avril où on a seulement discuté et on s'est embrassés.

Mais elle m'a dit elle-même qu'on l'avait fait une fois après le « traitement » qu'elle datait du 27 avril. Or je suis sûr qu'il est daté du 11 mai à cause de la séance de cinéma... Elle m'avait rappelé le soir alors que je regardais le film. Cela correspond bien au ticket du 11 mai. Donc je dois avoir raison...

Je récapitule : on ne l'a pas fait le 20 avril, car j'ai le ticket de cinéma et je me souviens bien d'avoir vu le film.

Ce serait donc le 6 avril.

On l'a bien fait le 27 avril, car j'ai le ticket de cinéma et je n'ai même pas vu le film.

Également le 11 mai, car j'ai bien le ticket de cinéma pour 16 heures 30 et elle m'a envoyé vers 17 heures 45 un sms pour que je l'appelle et je suis sorti avant la fin du film... Elle m'avait appelé pour me dire de ne pas me « traiter »... Je me souvenais bien que je suis sorti de la séance, j'avais pris ma bagnole, l'avait appelée pour lui dire de patienter quelques minutes le temps que je trouve un endroit discret pour me garer. Je suis allé dans notre petite impasse, témoin de nos amours. Quand je lui ai raconté, elle a gloussé de plaisir.

S'il n'y a eu que quatre fois, ce n'était pas le 6 avril. C'était trop tôt...

Je l'ai appelée ensuite et on en a reparlé.

Récapitulons : 27 avril, 11 mai, 14 mai, 2 juillet. J'en suis quasiment sûr !

« Oh maintenant cela n'a plus d'importance... » Dit-elle. Ce qui me vexa. Mais elle n'avait pas tort.

Un moment je dis :

« On l'a fait si peu souvent chez toi qu'on pourrait se rappeler des dates quand même !

- Oui c'est vrai quoi...
- Mais c'est de ta faute si on l'a fait si peu souvent, tu ne voulais jamais ! »

Il faut dire quand même qu'on a eu de nombreux ébats très torrides dans sa voiture et dans la réserve...

Au téléphone je l'ai trouvée assez éloignée. Elle était dans son cycle « sans »... D'où l'absence de message le matin sans doute...

Elle m'avait expliqué pourquoi : parce que «tout le monde arrivait, ma patronne était là», etc. Mais j'y croyais peu... Elle m'avait quand même dit qu'elle avait enregistré la photo des fleurs...

Non... pas de panique... Sonia était tout simplement au boulot. Elle n'était pas la même au boulot et à la maison. Et à la maison, elle n'était pas la même quand il y avait son mari et quand elle était seule. Et elle était encore une autre quand nous étions en tête à tête...

Mais même si elle était dans sa phase «sans», cela changerait et elle viendrait à la phase «avec»...

Je suis sorti un peu stressé de cette discussion, mais en fait j'aurais dû m'en réjouir. Il fut un temps où elle n'aurait même pas accepté de faire allusion à tout ce qui s'était passé.

Elle m'a répondu dans un message débile, un avertissement qu'elle allait prendre une «décision» qui ne serait sans doute «pas bonne pour moi. »

Voici ce qu'elle a écrit :

« C'est adorable tout ce que tu écris. Oui notre conversation m'a fait du bien. Je suis plus calme. Mais cette générosité à sens unique va finir par me faire culpabiliser.

Je n'ai pas trouvé de nouveau chemin. Je suis toujours sur le mien que je suis (enfin j'essaye) depuis toujours. Là pendant quelques jours, je vais m'asseoir au bord du chemin et peut-être que je trouverais une meilleure solu-

tion pour être sereine. Je sais, tu te dis que c'est pas bon pour toi ça et tu as sans doute raison. Mais quoique je décide, tu resteras mon ami, mon confident, celui qui sait trouver les mots pour m'apaiser et je serai là pour toi autant de fois que tu en auras besoin.
Je t'embrasse. »

Elle a même signé deux fois !

Elle m'a envoyé un autre message dans lequel elle a écrit :

« *Le jour où je retrouverai l'appétit, je t'invite dans le plus grand restau de la région*! »

J'ai préparé plusieurs versions d'une réponse.

Par exemple :

« Si tu restes sur le même chemin comment veux-tu que les choses changent ? Ce que tu as en travers de la gorge c'est justement d'être restée trop longtemps sur ce chemin que tu suis depuis toujours comme tu me l'as écrit. Élever ton hamster, tu l'as supporté tant que ta mère était là… Quand elle a disparu, l'élevage du hamster t'es resté en travers de la gorge… Tu ne peux pas manger à cause de ce que tu as en travers de la gorge. C'est tout simple : il faut chercher ce que c'est. C'est cela mon idée là-dessus et je te l'ai dit à plusieurs reprises… »

Pour finalement lui envoyer ceci :

« Je note la promesse pour ce jour merveilleux que je souhaite si ardemment. J'aimerais te parler encore de ce que tu as en travers de la gorge et qui t'empêche de manger… pour t'aider à l'enlever. Très Gros Bisous » un peu pincé non ?

En tous les cas, elle l'avait écrit elle-même dans son texte sur les sept ans de malheur qu'elle avait guéri provisoirement quand elle avait trouvé une nouvelle activité... Et que son hamster s'était arrêté de boire quand elle avait eu son activité...

Voici ce qu'elle m'avait déjà écrit le vendredi 14 août 2009, veille de ses « vacances » :

« *Quelle que soit l'issue de ces vacances, je serais là d'une manière ou d'une autre.* »

Et voici ce que je notai dans mon journal le vendredi 22 mai 2009 : « Pendant ces vacances, elle devait prendre une décision... Elle comptait sur le fait d'être séparée de moi pendant un laps de temps suffisamment long pour prendre une décision en dehors de mon influence amoureuse qui était très forte ».

Je l'ai appelée ce matin pour lui dire que l'histoire se répète. Elle n'était pas libre de ses paroles.

Je l'ai rappelée entre midi. On a eu une longue conversation. Elle a pleuré. Mon coup de fil du matin l'avait beaucoup angoissée. J'avais dit : « Une fois de plus je n'ai servi qu'à te réconcilier avec ton mari. » Or elle ne s'était pas réconciliée avec lui ! M'a-t-elle dit. J'ai fait part de ma colère. J'en avais marre de ses « décisions »... De jouer le rôle de celui qui la réconciliait avec son mari.

Le sens de son message était simple : les jours derniers elle avait songé sérieusement à vivre avec moi. Et sa récente décision aurait été de ne pas le faire...

Je l'ai exhorté à ne prendre aucune décision ! Qu'elle laisse faire la vie comme elle me le suggérait souvent.

Finalement j'ai fini par la convaincre. Elle m'a demandé si j'étais toujours en colère. Je me suis calmé, car elle a été très gentille avec moi. Elle n'a pas refusé que je lui dise qu'elle m'aimait. Elle m'a explicitement dit qu'elle l'acceptait... Elle m'a même dit à plusieurs reprises : « On s'aime... » C'était très nouveau. On a d'ailleurs été d'accord pour dire qu'elle avait évolué dans sa relation avec moi... À plusieurs reprises elle m'a dit : « Tu es adorable toi ! ».

Elle aurait voulu être de nouveau comme avant le 15 avril, dans cette période entre le début de l'année et le 15 avril... Elle s'accommodait de nouveau de ses symptômes...

Je lui ai dit qu'elle laisse faire. Ce n'était pas si grave ce qu'on faisait. On n'avait pas fait l'amour depuis le 14 mai 2009 !

Elle contesta dans un premier temps puis réalisa que c'était vrai. On avait eu des rapports physiques nombreux entre temps, mais on n'avait jamais vraiment fait l'amour depuis cette date...

C'était d'ailleurs le sens de mon rêve.

Puis elle a été charmante. Elle m'a redit qu'elle aimerait aller en vacances avec moi, qu'on s'entendait tellement bien tous les deux, que c'était exceptionnel.

Je lui répétai qu'on n'avait jamais vécu ensemble plus que quelques heures. Qu'il faudrait qu'on parte tous les deux quelques jours. Qu'elle se sentirait mieux si on le faisait !

J'étais sûr que si elle le faisait elle en arriverait à décider de vivre ensemble...

Je lui demandai pourquoi était-elle dans cet état quand elle partait en vacances.

Elle dit qu'elle avait envie de décider de ne pas partir samedi, qu'ils n'avaient qu'à partir sans elle. Qu'elle n'avait jamais aimé les vacances. Qu'elle était toujours angoissée de préparer les vacances...

On a aussi parlé longuement de vivre ensemble. Elle n'en était pas loin, de cette décision :

« Tu vois quand on a des rapports physiques comme vendredi. J'ai envie de vivre ça tous les jours ! dit-elle.

- Moi aussi bien sûr...
- Oui, mais ce n'est pas possible...
- Pourquoi ? C'est une décision simple à prendre, assurais-je.
- Oui, mais ça rendrait nos proches malheureux... »

En ce qui concernait nos rapports physiques, je lui ai dit que j'étais toujours à sa disposition. Que j'ai toujours été très correct ; je n'ai jamais fait comme certains : te dire d'aller voir ailleurs devant ton refus ... Mais que si elle en avait envie, elle n'avait qu'à demander j'étais toujours prêt.

« Si on vivait ensemble, on laisserait tomber notre travail pour ne s'occuper que de nous. On n'a pas besoin de grandes choses. Être l'un à l'autre suffirait ! » Expliqua-t-elle.

Elle a proposé de me rappeler. On s'est bien entendus. J'ai dissipé quelques ténèbres...

Elle reculait devant sa très forte envie de vivre avec moi. C'était la première fois qu'elle m'en parlait aussi clairement. C'était toujours l'analyse que j'avais faite...

On s'est quittés très amoureux. Elle a demandé que je la rappelle le lendemain. Qu'on se donne un code pour se donner des nouvelles quand je l'appellerais en vacances...

Elle a répété que je ne devais pas m'inquiéter. Mais je m'inquiétais quand même...

Tant qu'elle parlait avec moi, ça allait. Mais elle n'allait pas pouvoir me parler pendant 7 ou 8 jours !

J'étais inquiet...

Mais, m'avait-elle rassuré, elle ne serait seule avec lui que quatre jours.

Elle m'a appelé en fin de journée pour me parler d'un projet.

Ah ! C'était bon signe, elle reprenait du poil de la bête...

Entre midi je lui avais d'ailleurs demandé pourquoi elle voulait laisser tomber ses activités à chaque fois qu'elle était fragilisée psychologiquement...

Elle répondit que tout était lié. Cela signifiait qu'elle voulait retourner à sa vie tranquille d'avant, disait-elle. Mais sa vie d'avant n'était pas vraiment tranquille avec un mari poivrot ! Qui d'ailleurs s'était arrêté de boire quand elle a commencé ses activités (ce en quoi elle se trompait complètement...).

Non, elle voulait se couper de moi... Essayer de rompre avec son attirance, rompre avec l'attrait du plaisir...

Je lui ai d'ailleurs posé la question : pourquoi, d'après elle, son mari s'était-il arrêté de boire quand elle a commencé ses activités ? Parce qu'il était heureux d'être débarrassé d'elle ?

« J'avais pensé aussi à ça. Mais ça pourrait être le contraire. Il était heureux que j'aie une activité... Dit-elle. » Pas très convaincant.

« Avec lui on ne sait pas. Il ne parle pas. Ajouta-t-elle.

- Comment peux-tu vivre avec quelqu'un qui ne parle pas ? »

Un autre moment elle regretta qu'à cause de notre liaison, elle fût moins offensive contre les agressions verbales de son mari. J'insistai pour lui dire qu'elle n'avait pas à baisser la garde parce qu'elle avait une relation avec moi ! Ce n'était pas normal !

Dernier jour avant les vacances de Sonia.
Une journée divine !
Échange d'emails très gentils, conversations téléphoniques amoureuses.

Je suis allé lui téléphoner du bord du fleuve sous mon saule. Délicieuse conversation...

Elle a proposé un code pour se parler au téléphone quand elle serait là-bas. Je lui ai promis de faire attention à ce que je dirais... Elle ne devait pas stresser que j'appelle et fasse des impairs.

Elle m'a répété : « Ne t'inquiète pas... » Elle m'a rassuré.

Mais je suis inquiet quand même...

Le soir à la sortie de son boulot je l'ai appelée pour lui souhaiter bon voyage et bonnes vacances. Elle était très heureuse de mon appel.

On a discuté un quart d'heure. Elle a parlé de son voyage. Que s'ils partaient tôt, elle dormirait dans la voiture.

« Tu sais bien que je suis capable de dormir n'importe où ! Me rappela-t-elle.

- Oui, mais tu n'as jamais dormi dans mes bras...

- Quand je suis dans tes bras j'ai envie d'autre chose que de dormir ! Répondit-elle du tac au tac.

- Oh ! Comme c'est gentil ça, comme c'est gentil... »

Voilà une très belle journée. De plus elle avait pris une décision qui montrait qu'elle était de nouveau active dans son activité politique.

Excellente femme !

Cette nuit j'avais fait un cauchemar. J'avais perdu Sonia et je sillonnais de petites rues pour la retrouver. Je frappai à une porte, mais elle resta fermée. Je sentais qu'elle était là derrière avec un autre homme... Quel horrible cauchemar.

Au moment où je sortais de chez moi, mon potable a sonné : un ami commun m'appelait pour m'annoncer une audience du tribunal. Pendant que je lui téléphonais sur le trottoir, je vis une scène intéressante. Un homme tenait une jeune femme brune assez belle par le bras et il lui parlait en tenant son visage assez près du sien. La fille protestait et essayait de se dégager. L'homme finit par la lâcher de peur que quelqu'un n'intervienne et je ne me gênais pas d'assister à la scène. Visiblement il s'agissait de deux anciens amants et l'homme tentait une réconciliation que la fille refusait... Cette dernière partit en courant vers sa voiture et l'homme déclarait tout haut : « Elle reviendra ! Elle reviendra ! »

Une fois raccroché, je pris ma voiture et me dirigeai vers le lieu où j'allais me garer pour téléphoner...

Elle ne répondit pas au portable bien qu'elle m'ait bien envoyé le signal me disant que la voie était libre... Finalement, j'ai réussi à l'avoir : son portable ne sonnait plus... décidément la journée commençait mal...

Son retour de vacances était assez inédit, mais toujours de la même veine : cette fois, c'était nouveau, elle envisageait sérieusement d'arrêter son activité !

Décidément la cohabitation avec son hamster ne l'aidait pas à progresser. La régression était encore plus grave cette fois.

Elle en a parlé longuement. Je suis le seul à qui elle en a parlé pour le moment.

Je l'ai dissuadée bien sûr...

Elle a aussi précisé que c'était son état d'esprit de ce jour. Elle reprendrait une activité normale jusque fin juin et profiterait de juillet et août où elle serait tranquille avec suffisamment de recul pour prendre sa décision.

C'était à répétition chez elle. Elle a fait ça à chaque fois pour ses vacances et encore fin mars pendant sa quinzaine d'arrêt maladie.

Cette dernière prise de distance n'avait fait que la rapprocher de moi.

L'année dernière à la même époque elle avait pris les mêmes « dispositions » concernant notre liaison, et on en était toujours là...

Cette fois elle n'a pas attaqué de front notre liaison. Elle n'en a même pas parlé. Elle s'est contentée de parler de son activité qui la stressait.

Je lui ai rappelé qu'elle y avait trouvé au contraire un équilibre, qu'elle l'avait souvent dit. Mais cette fois ce n'était plus pareil.

En fait, elle est restée très sympa avec moi. Très amicale.

Je craignais que si elle n'exerçait plus cette activité commune le lien entre nous deux se relâche cela nous permettait de nous rencontrer. Elle assura qu'on resterait en relation.

Elle s'est mouchée plusieurs fois en disant qu'elle avait pris la crève en se baignant dans l'eau froide. Je lui demandais si elle ne pleurait pas. Elle répondit fermement que non, qu'elle se sentait très bien.

Je suis sorti de cette conversation assez angoissé.

On a convenu qu'on se rappellerait le lendemain en fin de matinée comme tous les dimanches. Elle accepta que je l'appelle mardi entre midi...

En fin de compte, une heure après l'avoir quittée je me suis senti beaucoup mieux...

On verrait bien de toute façon. C'était comme ça depuis un an et demi... Ça allait et ça venait dans sa tête...

Ce n'était pas la première fois qu'elle parlait d'arrêter notre activité. C'était une chose qu'elle envisageait quand ses sentiments pour moi devenaient trop forts. Il lui fallait une soupape de sécurité pour lâcher un peu de pression...

Elle m'avait d'ailleurs dit encore ce samedi matin quand je lui rappelais que je l'aimais toujours très fort : « Ça me stresse... »

Alors qu'elle me disait que pour moi ces activités c'était toute ma vie, je répliquais que non : « Quand on a parlé de vivre ensemble, j'avais dit que j'abandonnerais ces activités pour consacrer tout notre temps à nous deux...

- Ça n'a rien à voir ! Répondit-elle, m'ayant mal compris...

-   Non… je te disais ça simplement pour te dire que je suis tout à fait capable d'abandonner ces activités… »

Ce « Ça n'a rien à voir ! » était assez intéressant… Il aurait sous-entendu que si elle faisait cela ce n'était pas pour consacrer tout son temps à son mari. Du moins elle s'en défendait. Elle voulait « faire autre chose »… Elle m'a d'ailleurs dit plusieurs fois qu'elle ferait autre chose.

Je lui répondis à chaque fois : « Choisis une activité qui nous permettrait de nous voir, de faire des choses ensemble… » Elle n'a pas dit oui. En réalité, elle ne voyait pas du tout ce qu'elle pourrait faire…

Enfin… Je pris tout ça très mal. Un abandon, une trahison… Elle m'avait pourtant toujours promis qu'elle ne m'abandonnerait jamais…

Vers 16 heures je lui ai envoyé un sms annonçant une audience au tribunal pour une affaire que nous suivions et lui demandant de m'appeler. Finalement, après quelques péripéties c'est moi qui l'appelai. On a parlé une heure pendant et elle restait sur ses positions…

Ça m'a fait du bien d'entendre sa voix, je suis sorti de cette conversation assez rassérénée, car je sentais bien qu'elle ne cherchait pas la rupture avec moi…

Je notais même inconsciemment quelques prémisses de son futur changement d'avis…

On verrait demain dimanche…

En attendant, je me souvenais de ce qu'elle m'avait dit le vendredi 14 mai (il y a seulement deux semaines) après des débats torrides : « Je t'aime. Je n'y peux rien. J'ai essayé de m'en débarrasser, mais je n'y arrive pas... Je faisais semblant que ce n'était pas vrai, mais je te le dis : je t'aime ! Mon trésor. Mon chéri... » Et aussi comment elle m'avait dit en un geste muet de la bouche : « Je t'aime » au travers des vitres de notre voiture quand on s'était quittés le 28 août après des ébats physiques au cours desquels elle avait également pris très grand plaisir...

D'ailleurs un peu plus tard quand j'ai dit à Sonia que je regrettais qu'on se soit engueulé, elle m'a répondu : « Ce n'est rien ! On s'est expliqués c'est tout... »
À un moment dans la discussion elle m'a dit : « Ah ! comme j'aimerais retrouver une vie sans problèmes à résoudre ! » Je lui ai répondu du tac au tac : « Tu ne vas pas rester dans le ventre de ta mère jusqu'à 70 ans ! La vie c'est ça : des problèmes à résoudre ! » Elle en est restée muette...

Garand 2

Garand se « réveilla » de nouveau au commissariat. Mais il ne se rappelait plus de la première fois[2].

Il regarda de nouveau par la fenêtre et comprit où il était en voyant les voies de chemin
de fer et la gare.

Pourquoi l'avaient-ils envoyé ici, à Espérance ?
Parce qu'il était connu ici comme le commissaire de police.

Que se passait-il pour qu'il fût envoyé ici ?

Le rêve qu'il avait fait pendant qu'il venait ici
(voyage qui n'a duré qu'une fraction de seconde) lui indiquait qu'il allait avoir à faire
avec la communauté des gens d'origine algérienne d'Espérance... Mais comment ?

Il consulta les infos (journaux, Internet...) il ne
trouva rien d'extraordinaire.

Il téléphona à Jean. Celui-ci lui expliqua en
bougonnant que Keziah s'était « évadée » de
sa prison dans la psyché de Sonia et qu'Alice
était en route pour aller chez Lovecraft...

« Je vais y aller aussi, déclara de manière pé-
remptoire Garand

- Je ne te le conseille pas ! répondit Jean.
De toute façon ils ne vont pas t'ouvrir.
Essaie de savoir ce qui t'a amené toi ici.
Ne marche pas sur nos plates-bandes,

---

[2] Voir « Cthulhu dégage »

ce n'est sans doute pas ta mission. Tu
dois avoir autre chose à prospecter... »

C'était curieux, les anciens ennemis et rivaux,
étaient devenus presque amis...

Garand raccrocha. Il était d'accord avec Jean.

Il s'enquit de nouvelles au sein du commissariat. Il apprit ainsi que plusieurs jeunes
hommes avaient disparu. Ils n'étaient pas ren-
trés chez eux. Les parents de certains d'entre
eux étaient venus signaler ça au commissariat.

C'était de jeunes délinquants habitués aux réunions nocturnes en buvant des bières et en
fumant du hasch... Il extrapola un peu, car il
se doutait bien que beaucoup de parents des
disparus n'étaient pas venus...

Il dressa une liste et commença son enquête.
Il allait faire du porte-à-porte chez tous ces
gens...

Avant, il alla au bord du fleuve pour
s'imprégner de l'ambiance. Il s'aventura sur le
sentier qui se trouvait à ras de l'eau et se ca-
cha dans une forêt de polygonums.

Il regardait le fleuve couler majestueusement
et un souvenir remonta à la surface : l'île...
Cette île qui abritait le puits des passages
semble ne plus exister. Pourtant elle possède
une énergie diabolique, négative, car c'est elle
qui est responsable de la mort du petit Sacha,
ici même juste en face de lui, au milieu du
fleuve. Cette disparition date de la fin du
XVIIIe siècle, mais son emprise sur les lieux
existait toujours. Garand aimait les fantômes.

Cela lui remémora l'histoire de Lovecraft où Gilman aperçut une île au milieu de la Miska-tonic où se déroulaient de sinistres cérémonies. Il prépara donc un rite pour tenter de faire venir Sacha. Pour cela il psalmodia l'histoire de ce pauvre gamin...

L'île

Autrefois[3], il y a très longtemps à Espérance, vivait un enfant, jeune garçon malheureux qui n'eut jamais l'occasion de devenir adulte.

C'était un enfant étrange. Solitaire. On l'appelait Sacha, parce qu'il s'intéressait de près à votre sac à main. Ou plutôt à ce qu'il contenait...

Ce soir d'été, alors que le fleuve étalait ses galets entre les chenaux d'étiage, il s'était assis sur la grève et regardait l'île, là-haut, au milieu du lit mineur.

Une île maudite comme lui.

Son visage dur, d'enfant qui n'a pas d'enfance, d'enfant qui avait appris à lutter seul contre la vie, à subir la haine de son père, et ses coups, à souffrir de la soumission de sa mère à cette violence quotidienne d'un dingue qui ne contrôlait plus sa vie puisque c'était l'alcool qui le faisait, sa figure était quasi illuminée par cette ombre de sourire qui étirait légèrement ses

---

[3] Voir « Fleur de soufre »

57

lèvres et faisait briller ses yeux noirs, dont l'un était encore entouré des taches colorées des ecchymoses des coups reçus il y a quelques jours. Que c'est dur de ne pas être aimé !

C'est l'île qui déclenchait son sourire. Elle était devenue le but de sa vie. Une île maudite par les gens d'ici, car une vieille bâtisse hantée étalait ses ruines au milieu des vorgines* envahissantes. Seules les crues centennales recouvraient de ses eaux fougueuses cette véritable forêt vierge.

À la nuit tombée, il avait parfois la chance d'apercevoir un bateau qui utilisait ce lieu pour une couchée, enfonçant son brick dans la couche épaisse de gros galets.

La première fois qu'il le vit, il annonça fièrement la nouvelle à sa mère (il n'osait plus parler à son père de peur de la gifle...) ce qui lui valut une rouée de coups de son ivrogne de père qui avait tout entendu.

« Espèce de con ! Ça porte malheur, connard ! Parle plus jamais de ça dans cette baraque ! Imbécile... »

Et il tapait ! Il tapait. Sacha tentait de se protéger la tête de ses bras, ça énervait encore plus la brute, qui lui donnait des coups de pied dans les cuisses et de violentes claques sur l'arrière du crâne.

« Arrête ! Arrête ! Tu vas le tuer ! »

---

* Végétation très dense des bords du Rhône, composée essentiellement de jeunes pousses de saules.

Sa mère était intervenue ! C'était rare, car inévitablement, alors, la rage du vieux se retournait contre elle. Et il frappait encore plus fort ! Sacha profita de la diversion pour s'enfuir et courir au bord du fleuve, le seul compagnon qui fût à même d'apprécier sa présence. Et qui ne donnait pas de coups.

« Eh ! Sacha ! Qu'est-ce tu fous dehors à c'te heure ? »

Il reconnut la voix derrière lui. Son grand-père. Un vieux pêcheur qui habitait une vieille cabane le long du fleuve. Enfin, son grand-père adoptif, puisque le vrai, le père de son père, était mort noyé, emporté par le courant puissant du fleuve lors d'un braconnage nocturne.

Sacha tenta de lui cacher ses larmes qui avaient creusé de blancs sillons dans son visage crasseux. Il avait un visage ingrat, des joues creuses, un large et haut front qui annonçait un gros crâne toujours rasé de près — à cause des poux, disait sa mère. Le vieux, lui, cachait son crâne derrière une chevelure abondante nouée en une longue tresse sur le dos à la manière des mariniers et son visage derrière une épaisse barbe grise.

« Mais... t'as pleuré dis donc ! Ah ? ! T'as eu des coups hein ? Tu réponds pas ? T'as raison... Faut jamais montrer sa peine aux autres. De toute façon, ils ne peuvent rien y faire. Pas vrai ? »

L'enfant répondit par un silence.

« Tu regardes l'île, hein ? Elle te fascine et t'attire... Hein ? Réponds, nom de Dieu !

— Euh... j'aimerais y aller...

— Et comment t'irais ? Il faudrait traverser le fleuve pour l'atteindre. Et elle est entourée de meuilles. Des tourbillons si puissants que même le Drac pourrait pas s'en sortir vivant...

— Je sais ! »

Sacha était agacé par la présence de ce vieux qu'il aimait beaucoup, mais il préférait la solitude.

« Tu veux te sauver des coups de ton père, hein ? C'est ça, t'en as marre des coups. C'est presque pas de sa faute tu sais. Son père a lui, il lui en donnait des coups, alors il se venge sur toi. C'est presque normal... »

Sacha écouta, intéressé par cet aveu. Mais pas du même intérêt que l'imaginait le vieux avec ses bonnes intentions. La haine était devenue trop forte.

« Il aurait dû taper plus fort... » Murmura-t-il, espérant ne pas avoir été entendu, mais heureux quand même du contraire :

« Si c'est pas Dieu possible ! Dire cela de son père... Allez... j'te laisse et tarde pas trop à rentrer, hein ? Sacha ? »

Seul le vent et le bruit furieux de l'eau du fleuve répondit au vieux. Le gosse était de nouveau plongé dans son admiration de l'île. Le soleil s'était couché, côté Riaume, et colorait la surface de l'eau d'un orange vif qui éclairait le visage de l'enfant d'une lueur inquiétante. Le vieux s'éloigna en haussant les épaules.

« Indomptable, ce gosse ! Indomptable ! »

Soudain, juste avant la tombée de la nuit, alors que Sacha avait détourné son regard vers le ciel pour admirer un grand héron cendré passer d'un lourd battement d'ailes avec son cou rentré dans ses épaules comme un « S », le bateau de la couchée était apparu, en décize[*] , à la sortie du grand méandre, et disparut derrière les grands peupliers de l'île. Sacha fut horriblement déçu de ne pas avoir pu suffisamment l'admirer. Il se leva lentement et s'approcha du bord de l'eau sans un bruit et s'immobilisa, à l'affût. Un autre spectacle s'offrait à sa vue : un grand castor nageait à quelques mètres de là, son grand corps allongé à la surface, ses grosses mains cachées sous l'eau le poussaient où il voulait aller. Il remontait vigoureusement le courant, et se laissait entraîner par une coulée, recommençait, calculait son coup, repartait vers l'amont en utilisant un courant remontant appelé ici une rize, se laissait de nouveau descendre en choisissant la bonne coulée, et ainsi de suite. Du grand art pour choisir son chemin entre les meuilles[**] mortelles du fleuve. L'animal semblait jouir d'un bonheur complet, en pleine harmonie avec l'élément liquide. Sacha suivit la bête et enregistra soigneusement son par-

---

[*] Action de descendre le courant.
[**] Tourbillons puissants.

cours, en esthète. Le destin lui avait envoyé un éclaireur pour lui montrer le chemin de l'île.

L'obscurité envahit soudain le monde autour de lui. Mais le castor avait déjà abordé l'île et l'enfant avait pu reconnaître le lieu précis d'accostage. Bientôt la lune se lèverait et éclairerait de sa lueur blême son île et le bateau brické[*] sur l'autre rive...

Il s'en retourna chez lui, car il avait besoin d'un sac étanche. Il couperait un solide bâton grâce au couteau qu'il s'était lui-même confectionné et qu'il avait jusqu'ici réussi à cacher à son père.

Dans le bidonville qui leur servait de maison, les ronflements de son père lui indiquèrent que la voie était libre. Il surmonta son angoisse et se faufila jusqu'à la réserve où était stocké tout le matériel de braconnier. Il trouva le sac de cuir étanche le saisit et sortit en vitesse et en catimini... La voix de sa mère le fit sursauter : « Qu'est-ce tu fais Sacha ? » Le ronflement de son père s'arrêta, comme si d'entendre prononcer le nom de l'enfant — Sacha — lui était insupportable et il se mit assis sur le lit, au fond de la salle commune.

« Sacha, nom de Dieu ! Qu'est-ce tu fous ? T'as rien apporté depuis des jours, petit fai-

---

[*] *Les bateaux étaient munis d'un pieu qui coulissait sur la coque et qu'on enfonçait dans le fond pour ancrer l'embarcation. Ce pieu était appelé « brick » d'où l'action de « bricker ».*

néant ! J'te montrerai moi, ce que c'est qu'il faut faire ! » Il hurlait de fureur. La mère pleurnicha. Pendant tout ce temps, Sacha ne ralentit pas son allure. Il était déjà sorti que son père vociférait encore dans le taudis puant où ils logeaient tous les trois...

L'enfant tremblait d'impatience alors qu'il courait sur les pavés des ruelles désertes d'Espérance, cette vaillante petite ville qui ne méritait pas son nom, du moins en ce qui concernait Sacha.

Puis il marcha quelque temps sur la route de terre battue qui constituait le chemin de halage. Il allait retrouver son coin habituel à partir duquel, en suivant l'exemple du castor, il entrerait dans l'eau du fleuve qu'il allait traverser pour retrouver son île. Mais le sort ne voulait pas que ce fût aussi simple...

Il trébucha soudain sur un obstacle invisible et s'étala de tout son long sur le chemin. Sa tentative de se retenir avec ses mains se solda par des lambeaux de peau arrachés sur les graviers.

« Eh ! Sale tête! T'as pas vu ? T'es saoul ou quoi? »

Sacha avait reconnu la voix. Le Rouquin et son acolyte le petit Teigneux avaient enfin réussi à le choper. Il tenta de se relever pour s'enfuir, mais le Rouquin lui envoya un coup de savate sur le menton qui lui releva brutalement la tête. Sans un cri, il essaya autre chose en roulant sur le côté pour se laisser glisser le long de la digue jusqu'au fleuve. Cela réussit partiellement — il sentit la douleur d'un coup de pied dans les côtes — mais réussit quand même. Il glissa le long de la pente raide de la digue construite en pierres et se retrouva sur les galets de la grève.

« Eh ! Sale tête ! Tu t'en tireras pas comme ça. On arrive... » Ils coururent vers l'aval pour emprunter un escalier escarpé qui permettait de descendre. Mais Sacha appela le fleuve à son secours. Tant pis pour ses vêtements. Il lâcha le sac étanche qui devait maintenir ses habits au sec pendant sa traversée et entra dans l'eau. Quand elle arriva à la ceinture, l'eau fraîche courut le long de ses cuisses au travers de son pantalon. Il se laissa aller dans le courant en nageant vigoureusement vers l'autre rive. Il calculait son coup pour atteindre le point exact montré par le castor. Il l'avait dans la tête, comme un plan, comme un schéma de géométrie tel qu'il en apprenait à l'école. Une précision au millimètre près était nécessaire. Lorsqu'il arriva à la hauteur de ses agresseurs — il constata à la lueur de la lune qu'ils étaient au nombre de sept — il cria sans s'arrêter de nager: « T'es niqué le Rouquin ! » L'autre entendait sa voix, tonitruante par-dessus le clapotis des flots, mais ne voyait pas Sacha. « T'es où, sale con ! T'es où que je t'encule à sec !

— Je suis pas loin ! Et la prochaine fois, je pê-cherai encore dans tes territoires ! Le fleuve n'appartient à personne, surtout pas au Rou-quin !

— Si ! Ces lônes[*] m'appartiennent ! Nous sommes les plus forts ! Alors gare à tes fesses...

— J'irai couler tes barques, sale con ! »

Déjà, il n'aimait pas qu'on l'appelle « Rouquin », il en avait horreur, mais là, il en resta muet de stupeur. Couler ses barques ? Mais c'était tabou cela. Comme aller sur l'île en face, l'île du Drac, le roi du fleuve, qui vous gobe les yeux comme il goberait un œuf de pigeon...

Sacha reprit sa nage vers le point exact qui l'attendait inexorablement. Il avait déjà oublié ses agresseurs. Son attirance intense vers cette île ne l'avait pas lâché. Elle l'avait saisi à la gorge lorsque le bateau avait accosté l'île...

Le parcours du castor était bien calculé. Le fleuve, avec ses meuilles et ses rizes emmena l'enfant directement sur les berges de l'île côté Riaume[*] . L'air était doux, l'eau pas trop froide. Une fois sur le gravier, Sacha se déshabilla et tordit ses vêtements pour les essorer. Il devait être présentable pour sa rencontre avec le capitaine. Un bonheur sans mesure lui étreignait le cœur. Il jubilait. Il avait oublié tous ses soucis, les coups et la haine. Il allait communier avec la nature... « Y avait que ça de vrai ! »

---

[*] Bras du Rhône plus ou moins séparés de celui-ci.

[*] Terme de marinier pour désigner la rive droite du Rhône, côté royaume, souvenir de l'époque où le fleuve faisait frontière entre l'empire et le royaume, d'où les termes : « Côté Empi et côté Riaume ».

L'air était immobile, sans un souffle de vent. Les grillons chantaient — c'est plus au sud qu'il y avait les cigales — le fleuve chantait et la lune riait dans le ciel. Tout semblait parfait pour accueillir ce nouvel arrivant dans ce nouveau monde, au-delà du fleuve.

L'enfant se rhabilla. Ses vêtements n'étaient composés que d'un pantalon de grosse toile, bleu délavé, attaché avec une grosse ficelle et d'une chemise de la même toile, de la même couleur. Ses pieds étaient chaussés d'espadrilles de toile de jute.

Il s'enfonça résolument dans les vorgines, cette végétation épaisse constituée de pousses de saules, d'ormes, de grands peupliers. Les moustiques avaient déjà attaqué. Sacha les entendait tourner autour de son visage. De grandes cloques le démangeaient sur le front, sur les tempes et même sur le lobe de l'oreille. Après une demi-heure de marche pénible dans cette jungle obscure, il trébucha sur une pierre.

Ici, le silence était absolu. Il le remarqua en s'arrêtant involontairement. Plus de chant de grillon, plus de chant du fleuve... Un silence de tombe.

Il frissonna. Une grande partie de sa joie fut effacée par la *peur*...

Ce silence n'était pas *naturel*.

Il se releva en se dégageant péniblement des lianes de clématite qui l'enlaçaient lascivement pour poursuivre vaillamment sa marche vers le centre de l'île. Il se cogna à une énorme pierre cyclopéenne.

Il était arrivé aux ruines. Les ruines du château du Drac. Un vaste cercle stérile ouvrait un espace à sa vue sous la lueur blême de la lune. Comme empoisonnée, la terre, ici, ne laissait rien pousser. Seule une vaste construction effondrée à cause des coups insidieux du temps qui passe et des crues du fleuve trônait dans ce cercle. Des pierres énormes, des sculptures étranges, aux visages effrayants. Certaines représentaient des êtres aux contours d'une géométrie non euclidienne, aux perspectives bizarres et troublantes. L'enfant cheminait lentement entre ces pierres, la tête baissée, les bras croisés sur sa poitrine comme pour calmer les battements de son cœur. Son angoisse ne faiblissait pas, au contraire, elle s'approfondissait alors qu'il avançait vers le centre de cette clairière obscure. C'était d'ailleurs cette angoisse qui le poussait à continuer. Elle avait remplacé cette intense jubilation qu'il avait connue quelques heures auparavant lorsqu'il avait abordé l'île. Quelques heures ? Il avait l'impression d'être ici depuis très longtemps...

La tombe l'attendait. Il la rejoignit.

C'était une grande pierre monolithique posée sur le sol (que contenait-elle en dessous ? !) et surmontée d'une grande sculpture effrayante qui représentait un être aux allures démoniaques, ni homme ni bête, un être aquatique, c'était sûr, mais qui semblait d'une intelligence diabolique.

Et la tombe lui parla :

« Tu as traversé le fleuve pour me rejoindre, c'est bien. Ne dis rien ! Ton but n'est pas atteint, car ces ruines sont celles de ton enfance. Mais rien n'est perdu!... Tu dois poursuivre ta route vers l'autre rive de l'île. Tu y trouveras un bateau en couchée... »

Le bateau ! Il le savait qu'il devait rejoindre le bateau ! Mais, cette voix glacée comme les profondeurs du fleuve, l'avait-il entendue ou s'était-elle simplement incrustée dans son esprit ?

Un peu plus loin, alors qu'il poursuivait son chemin, il passa devant une partie de bâtiment encore debout, les fenêtres garnies d'une menuiserie pourrissante, rendue grise par les intempéries, aux vitres intactes maculées de toiles d'araignées et de poussière. Il aperçut une ombre bouger derrière une fenêtre. Il lui sembla distinguer un enfant... La terreur l'envahit, elle anima ses jambes et ses cordes vocales qui émirent un son grave et plaintif. Sa course entre les blocs sur cette terre stérile était automatique, car la peur avait paralysé son jugement.

Soudain, une ombre se dressa devant lui, à contre-jour de la lune qui brillait juste au-dessus d'elle. C'en était trop ! Il s'effondra sur le sol, la tête cachée dans ses bras. Mais, si cela l'empêchait de voir, il ne pouvait éviter d'entendre !

Une voix profonde, mais douce, résonna dans sa tête : « N'aie pas peur, je veux juste t'empêcher de faire une bêtise. N'y va pas ! Retourne chez toi ! »

Cette voix produisit l'effet contraire dans son esprit. Retourner chez lui ? Dans cet enfer quotidien ? Revoir son père, cet ivrogne violent, sa mère tout en soumission à cette violence ?...

Sûrement pas !

Il était venu ici pour embarquer vers d'autres destins que le sien beaucoup trop sordide.

Il releva alors la tête pour affronter directement cette ombre qui avait la prétention de l'empêcher de passer. Elle resta parfaitement immobile sous son regard. Il la contourna, pour pouvoir la regarder à la lumière de la lune et découvrit alors une sculpture représentant un personnage qu'il voyait de dos, le corps recouvert d'une bure avec le capuchon rabattu sur le visage. Lichen et moisissures avaient coloré sa surface en un noir profond.

Il retrouva la forêt fluviale et affronta les griffes acérées de ses ronces, les bras souples de ses clématites, les gifles claquantes de ses branches de saules. Une chouette hululait au loin. Mais cette pénible traversée guidée par le disque blafard de la lune, ne dura que quelques dizaines de mètres. Enfin, il émergea sur la gravière. Il aperçut le bateau, immobile dans sa couchée, ombre chinoise devant le reflet brillant de la lune sur la surface du fleuve. Au-delà, assez loin, la berge de l'Empi, déserte et obscure, semblait guetter le moindre de ses gestes. Bien en aval, il devinait la tour du bac à traille, pourtant très éloignée. Il pensa avec angoisse à la cloche des noyés, celle qui sonnait quand le fleuve régurgitait un cadavre.

Son regard se porta de nouveau sur le bateau. Il était très long, plus de cent mètres, on distinguait bien, à l'arrière, la plate-forme du marinier avec la longue perche du gouvernail qu'il fallait souvent manœuvrer à deux, car elle avait le diamètre d'un arbre moyen. Une ombre humaine semblait accroupie là. La cheminée était dressée, toute droite, vers le ciel, et il semblait que le moteur à vapeur tournait, car une fumée montait dans le ciel. Les deux énormes roues à aubes battaient déjà l'eau.

«Il a mis les machines à chauffer pour m'emmener!» Se réjouit Sacha.

Et il courut sur les gros galets qui craquèrent alors sous ses pas, comme les dents claquent sous l'effet de la peur...

Le bateau était rouillé, délabré même, mais la passerelle semblait solide. Il l'emprunta résolument, sans crainte. Il courut vers l'arrière, emprunta l'échelle qui lui permit d'accéder à la plate-forme du gouvernail.

Le capitaine l'y attendait. Mais, son visage était dans l'ombre de la lune qui brillait derrière sa tête.

«Bonjour Sacha!» Sa voix était douce et charmeuse. Elle exprimait une affection profonde que Sacha n'avait jamais connue, même de la part de sa mère.

« Tu veux partir loin d'ici. Tu verras un autre monde, celui qui se trouve au-delà du fleuve, un paradis pour les enfants malheureux. Veux-tu venir ?

— Oh oui !

— Bien, alors tu vas prendre la barre. Notre bateau s'appelle le « Mississipi ». Nous allons amorcer une sacrée décize.

— La barre ? Vous me proposez de tenir la barre ? Mais elle est beaucoup trop grosse pour moi !

— Mais pas du tout, approche-toi, tu verras qu'elle sait se mettre à ta main... »

Effectivement, Sacha s'approcha et il se sentit soudain si grand et fort qu'il put empoigner la barre, la placer sous son bras, le coude pendant, la main tenant fermement le bois lissé par les milliers de paumes calleuses des mariniers.

« Je vais lever le brick et enlever la passerelle. Tu dirigeras le bateau entre les meuilles en évitant de t'enliser... »

Le capitaine disparut vers l'avant. Le moteur monta en régime et la fumée sortit plus épaisse de la cheminée. Quelqu'un devait alimenter la chaudière en charbon. Soudain le bateau fit une véritable embardée vers l'avant. Sacha poussa de toutes ses forces l'énorme manche du gouvernail vers la berge pour en éloigner ce monstre de fer haletant, véritable dragon crachant le feu. Le bateau descendit soudain en prenant rapidement de la vitesse. L'enfant n'eut pas le temps ni la force de redresser la barre. L'énorme bateau commença à se mettre en travers, mais une main secourable survint à temps pour pousser la barre et la lourde embarcation reprit l'axe du fleuve et, à grande vitesse entra dans un épais brouillard...

*

* *

Cette fois ils allaient s'en sortir ! Ils habitaient dans une belle maison, au beau toit en tuiles. Mais Sacha disait qu'il y avait un problème. «Trop de chevrons !» Insistait-il. «Trop de chevrons !»

Alors, il en enleva quelques-uns. Et... horreur ! Toutes les tuiles se mirent à glisser et tombèrent au sol !

Quelle catastrophe ! L'angoisse le reprit, et le manque d'alcool saisit tout son corps.

Mais... où étaient passées ces tuiles ? Où étaient-elles passées ?

Soudain, changement de décor. Il était attablé devant une grande quantité de victuailles appétissantes. Il mangeait, et surtout, il buvait du vin. Mais, curieusement, cela ne satisfaisait pas son manque, cette profonde douleur qui le rendait esclave de l'alcool. À côté de lui, un petit garçon ne mangeait pas. Il le regardait en levant ses yeux naïfs, brillants de fraîcheur. Ce petit garçon lui ressemblait.

«Sacha ?» Interrogea-t-il ?

L'enfant répondit « non », en hochant simplement la tête. Il pointa le doigt sur sa poitrine.
Il pensa alors que cet enfant, ça devait être
lui. Quand il était petit.
« Ah ! Bon ! Écoute, petit, tu veux trier mes
tuiles ? Mettre les bonnes de côté pour que je
puisse réparer mon toit ? »
Mais, avant que le petit ne pût répondre,
quelqu'un lui secoua vigoureusement l'épaule.
Il se retourna lentement sur son banc et vit
son père lever la main avec un sourire sardonique.
« Prends ça, petit con ! »

La peur le réveilla alors. Il tenait encore sa
bouteille de gnôle dans la main et s'en envoya
une bonne rasade pour oublier son rêve.
C'est alors qu'il entendit la cloche.
La cloche des noyés !
Mais quelqu'un lui secouait toujours l'épaule.
« Saleté d'ivrogne ! Réveille-toi ! Arrête de
boire et viens ! T'entends pas la cloche, sale
con ! T'entends pas la cloche ! C'est Sacha ?
J'ai peur ! Il est pas revenu depuis des jours...
Faut prendre la traille. La cloche sonne de
l'autre côté... »
C'était sa femme. Mais elle ne savait pas, elle,
qu'il devait encore boire pour faire cesser ses
tremblements. Elle fit mine de lui saisir la bouteille. Il la gifla et but avidement au goulot.
« Laisse ça ! Tu piges rien ! M'en fous de Sacha, c'est pas mon gosse... » C'était rare qu'il

exprime clairement l'objet profond de sa souf-
france.

Elle ne réfléchit même pas à ce qu'elle allait
dire, seule l'anxiété conduisait sa langue : « Si
t'avais été capable d'en faire !... »

Il ne répondit pas, sachant bien à quoi s'en
tenir. L'ivrogne décida de la suivre : il n'avait
qu'elle au monde... et le vieux...

Elle le laissa boire, car elle vit qu'il se levait.
Puis, il se sentit mieux. Il avait oublié son
rêve, mais il pleurait à cause de la cloche.

Arrivés à la traille[*] , le bac était de l'autre côté. Il faisait descendre des passagers, chevaux
et chariots. Le passeur regardait vers eux et
leur faisait de grands signes. Devant eux, un
homme de haute taille, un grand chapeau de
cuir sur la tête, tenait une grande faux posée
en travers sur ses épaules. Pour les rejoindre,
avec grande habileté, le passeur traversa le
fleuve au courant fougueux. Ils étaient seuls
avec le moissonneur et montèrent sur le bac.
Le passeur ne leur dit rien. Mais il les obser-
vait de biais sans qu'ils s'en rendent compte.
De toute façon, leur angoisse était si grande
qu'ils ne faisaient attention à rien.

La cloche avait cessé de sonner.

Au milieu du fleuve, le père regarda vers
l'amont. Il aperçut l'île dans la brume du petit

---

[*] Système de traversée du fleuve. Etant donné son courant trop puissant, il fallait tendre un câble entre les deux rives, câble sur lequel
coulissait un autre filin attaché au bac. Pour traverser il suffisait de
diriger efficacement la grande rame servant de gouvernail sur laquelle
poussait le courant ce qui faisait avancer l'embarcation.

matin et sursauta soudain en poussant un cri. Il lui semblait avoir vu un énorme bateau porteur à vapeur foncer vers eux. Effrayé, il ferma les yeux, et, lorsqu'il les ouvrit, il n'y avait que l'eau qui coulait avidement et, au loin, l'île...

Le bac à peine glissé sur l'accostage en pente douce, ils se précipitèrent vers l'aval.

Un attroupement au bord du fleuve leur indiqua que le noyé se trouvait là. Un homme agitait les bras en criant à un gendarme : « C'est moi qui l'ai trouvé ! C'est moi qui dois toucher la prime !

      — Mais oui. Mais oui. Répondait le gendarme. T'excite pas Louis ! Personne d'autre ne le revendique ce noyé. »

Une femme pleurnichait : « Pauvre gosse ! »

Les parents de Sacha écartèrent brutalement les badauds, tous lève-tôt pour la pêche ou le braconnage, et s'arrêtèrent devant l'horrible spectacle.

Sacha, dont le corps était tout tordu par le courant, la moitié des lèvres mangées par les anguilles et les écrevisses, le ventre gonflé comme une outre, semblait pourtant avoir trouvé comme une paix intérieure... On distinguait encore sur son visage de multiples et longues griffures boursouflées par le séjour dans l'eau...

« Mais où es-tu allé ? Où es-tu allé ? Mon petit chéri. » Pleurait sa mère...

Voilà, le cérémonial se terminait. Garand n'avait plus qu'à attendre Sacha. Il était sûr qu'il viendrait, même en plein jour...

Le voici !

« Bonjour Sacha !

- Qui êtes-vous ?

- Je suis Garand, le créateur de l'Alchimie, c'est moi qui ai initié Athanor, qui est devenu célèbre.

- En quoi cela m'intéresse ?

- J'ai pensé à toi, car tu hantes ces lieux depuis plus d'un siècle. Je pense que tu mérites mieux que cela et, de plus, tu peux m'aider...

- À quoi faire ?

- Il se passe ici des choses terribles. Complexes. C'est le centre des lignes de force, des « angles » qui permettent de changer de monde.

- Vous voulez changer de monde ?

- Non pour cela je n'ai pas besoin de toi. J'ai besoin de toi pour que tu nous signales les modifications de l'espace-temps en ce lieu.

- Qu'en penses-tu ?

- Je ne comprends pas tout cela...

- Je peux te former. On prendra le temps nécessaire, mais tu es doué, cela ira vite... Où souhaites-tu t'installer ?

- J'aime autant retourner au fond du fleuve...

- Hum ! Y as-tu remarqué quelque chose ces derniers temps ?

- Oui, une vieille femme, un rat bizarre et de jeunes hommes soumis. Parfois un agglomérat de bulles et un tétraèdre...

- Ah ! Tu vois, ces gens et ces trucs viennent d'un autre espace-temps, tu as un exemple. C'est sur eux que j'aimerais avoir des informations.

- Ah ! Là je suis d'accord.

- Ok ! Superbe ! Connais-tu le Drac ?

- Oui, bien sûr. Je le vois souvent, mais lui ne me voit pas...

- Tant mieux.

- Aller, je prends congé, je t'appellerai en prononçant trois fois ton prénom et une fois le mot « île » es-tu d'accord ?

- D'accord ! »

Garand quitta les berges du fleuve et se rendit à la cité HLM la plus proche. Il consulta sa liste et se rendit à la première adresse.

Soudain, il pensa à la scène qu'il avait vue au cimetière de Dellys. L'homme Noir, le Necronomicon... le livre maudit de l'Arabe Abdul al-Hazred...

Il fut étonné de ne pas voir de rassemblement de jeunes dans le hall. Il sonna à l'interphone et quand une voix de femme prononça : « Oui ? Qui est-ce ? » Il répondit : « Commissaire Garand ; je dois vous voir, c'est juste une demande d'informations. Vous pouvez refuser, mais si vous refusez je vous convoquerai au commissariat. En fait, il n'en avait rien à faire de respecter les procédures.

Le claquement de la serrure se fit entendre et il put entrer. Il monta les étages à pieds (il y en avait beaucoup jusqu'au 14ème).

Il sonna à la porte. Elle s'ouvrit immédiate-ment. Une femme d'âge mûr, très belle, ajus-tait son foulard qu'elle venait de placer sur la tête...

« Je ne veux pas d'histoires ! dit-elle d'emblée, avec un accent algérien pas très prononcé.

- Moi non plus rassurez-vous. Je peux en-trer ? »

Elle le laissa entrer. Il fut immédiatement sur-pris : le salon était quasiment rempli de jeunes ! Ils avaient l'air hagard...

« Mais... Que signifie ce rassemblement ?

    - Je ne sais pas, ceux-là sont tous ve-nus ici, et je ne sais pas comment m'en débarrasser... C'est d'ailleurs pour cela que je vous ai laissé entrer... Je ne sais plus quoi faire...

    - OK ! »

Il interpella aussitôt le garçon le plus proche :

« Vous habitez ici ?

- Non...

- Pourquoi êtes-vous venus ici.

- Nous ne savions pas où aller, l'Homme Noir nous a dit de venir ici... »

Garand se tourna vers la femme :

« Vous êtes mariée ?

- Oui !

- Où est votre mari ?

- En déplacement...
- Qu'allez-vous faire de ces jeunes ?
- Je ne sais pas... Mettez-les en prison ?!
- OK, c'est ce que je vais faire...
- Allez les gars, vous allez me suivre !
- Et pourquoi on vous suivrait ?
- C'est l'Homme Noir qui me l'a dit... »

Il tourna les talons et les jeunes hommes le suivirent sans discuter !

Ils étaient une vingtaine. Il les emmenait au commissariat...

L'un d'entre eux semblait lucide. Alors que les autres étaient plus ou moins hébétés...

Une fois au commissariat, il s'approcha de lui et l'interpella :

« Eh ? Comment vas-tu ?
- Moi ?
- Oui toi !
- Pourquoi moi ?
- Tu as l'air moins endormi que les autres.
- Si tu le dis...
- Pas 'tu', on me dit 'vous' !
- OK si vous le dites... Mais vous, vous me dites bien 'tu'...
- Et d'où vous sortez tous comme ça...
- Je n'ai pas le droit de le dire...
- Bon, je vais demander à quelqu'un d'autre ! »

Le jeune homme sourit.

Garand s'époumona avec tous les autres, aucun n'avait même sorti une syllabe. Ils le regardaient tous avec des yeux bovins, globuleux, le regard perdu dans le vague...

« Bon, je vois, mais il fallait que je vérifie. »

Il donna des instructions aux policiers pour que le gars lucide soit enfermé à part, par exemple, dans la cellule de dégrisement...

Quand ce fut fait, il rejoignit le jeune homme dans la cellule de dégrisement.

« C'est comment votre nom. (Il avait suivi la petite leçon que le gars lui avait donnée)

- Djamel...

- Djamel comment ?

- Je ne m'en souviens plus...

- V'zen êtes sûr ?

- Oui

- Vous avez l'air sincère... Maintenant que les autres ne vous voient plus et ne vous entendent plus, racontez-moi ce qui s'est passé... »

Le jeune homme se mit à table, comme ils disent dans les films policiers.

La bande de jeunes, qui était bien plus nombreuse que les vingt réunis au commissariat, faisait la bringue la nuit au bord du fleuve. Ça vidait de canettes de bière cul sec, ça poussait des cris, des défis à la con, des « nique ta mère » et des « nique ta grand-mère » tous les cinq mots... Là où ils se trouvaient, ils étaient tranquilles. Ils ne dérangeaient personne. On pouvait constater une évolution avec cette génération ; la précédente prenait bien soin de faire ça sur les places, au pied des immeubles, pour bien emmerder le monde et faire des pugilats avec ceux qui descendaient pour protester (ce qui était rare) et insulter ceux qui gueulaient par la fenêtre.

Djamel ne buvait pas, ne fumait pas... Il était là par instinct grégaire, il faisait partie de la bande, et donc il était là... C'étaient des frères de sang, ils se considéraient comme tels. Mais ce qu'ils disaient et ce qu'ils faisaient une fois complètement saouls et drogués ne lui plaisait pas. Il restait lucide et ne disait rien. Il réfléchissait sur la nature humaine, se posait des questions sur les « races » ou « ethnies » et sur les religions. « Pourquoi une religion serait-elle meilleure qu'une autre ? » Se demandait-il... Mais il ne pouvait l'exprimer, c'était dangereux pour sa famille...

Ce fut lui le premier qui vit la femme émerger de l'eau, avec une espèce de rat qui nageait à côté d'elle. Lorsqu'ils furent sur la terre ferme, la femme prononça des mots incompréhensibles, avec les mêmes intonations que l'imam à la mosquée, et soudain tous les garçons se figèrent, se levèrent et la suivirent quand elle se détourna et s'enfonça dans l'eau suivie par le rat aux pattes avec de petites mains humaines...

Lui, il ne la suivit pas. Il resta sur place comme tétanisé, sans pouvoir bouger.

Pour une personne passant en haut de la digue et jetant un coup d'œil sur le fleuve, elle aurait été étonnée de voir dans la faible lueur de l'éclairage public qui se portait également sur la berge, un jeune homme assis, immobile, sans un geste...

Quand Djamel se «réveilla», une partie de ses camarades étaient revenus. Ils attendaient sa décision ? Quelle décision pouvait-il prendre ? Il n'avait pas voulu être le chef de quoi que ce soit...

Il décida de les emmener chez lui. Sa mère était seule, son père étant parti en Algérie depuis longtemps sans avoir dit quand il reviendrait...

«Ah !? Eh bien, on ne peut pas dire que tout cela soit clair... » Se lamenta Garand.

Néanmoins, il pensa à une secte : « *Cette secte s'appelait «l'Ordre ésotérique de Dagon» et il s'agissait à n'en pas douter d'une foi dégradée et à demi païenne importée d'Orient un siècle plus tôt, à une époque où le poisson semblait se faire rare au large d'Innsmouth.* »

Et il se demandait si cette secte n'exerçait pas déjà ses activités en Algérie en 1989, vu ses souvenirs...

Un jour, il avait à faire avec un homme assez bien habillé, un technicien de la mairie qui parlait des «cousins». Garand ne comprenait pas très bien où il voulait en venir.

Au fur et à mesure que la conversation avançait (plutôt un monologue), Garand comprit que le gars parlait des Arabes...

« Mais... pourquoi vous appelez les Arabes des 'cousins' ? » S'étonna-t-il.

« J'en suis un moi-même ! C'est connu, ils se marient tous entre cousins, c'est plus simple, ça simplifie les choses, on reste entre nous... »
Et le gars riait.
« Je vous jure c'est vrai ! » Insista-t-il devant la mine étonnée et l'air un peu mécontent du policier...

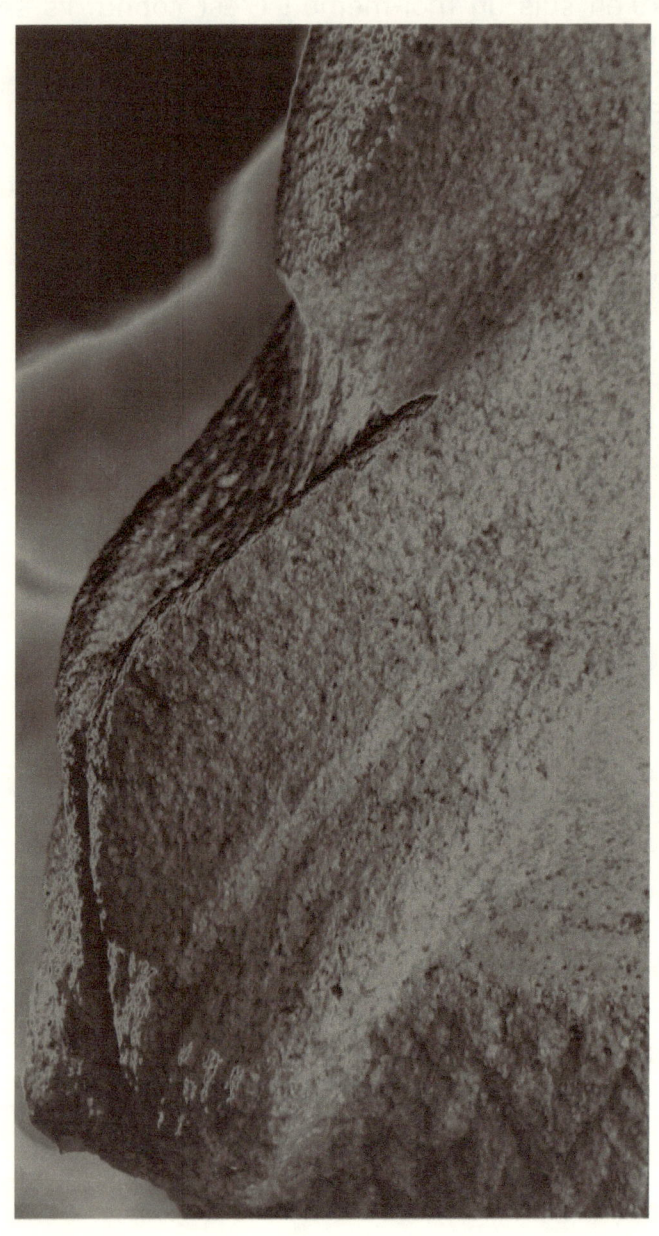

Alice 1

Alice sortit de la gare et se rendit à pied chez Lovecraft.

Elle passa devant le commissariat. Garand qui la guettait la vit passer sur le trottoir d'en face. Elle sentit son regard et lui fit un petit signe...

Lovecraft n'habitait pas loin. Le peu de chemin qu'elle eut à faire suffit pour lui montrer qu'il y avait à Espérance une atmosphère particulière, une noirceur étouffante, un calme inquiétant. Même le ciel était bas et gris. Il n'y avait personne dans les rues. Elle pensa à la nouvelle de Lovecraft : *Le Cauchemar d'Innsmouth*[4] .

L'espace des boîtes aux lettres et d'accès à l'ascenseur était désert. Elle appuya sur le bouton et les portes s'ouvrirent. Arrivé à destination la machine lui dit avec une voix féminine « Troisième étage »...

La porte d'entrée blindée de l'appartement comportait pas moins de trois serrures ; Alice possédait les trois clés correspondantes, il lui fallut du temps pour que le troisième déclic annonce que la porte était ouverte.

La lumière s'alluma automatiquement dans le couloir. La belle jeune femme aux yeux verts savait que des micros caméras filmaient l'enfilade du couloir. HPL savait donc déjà qui

_____

[4] 1931

était entré. Elle ouvrit une porte qui donnait sur le couloir qui faisait des zigzags et entra dans une pièce où les volets n'étaient pas fermés, et qui donnait sur une des terrasses plantées de l'appartement. Il lui fallut ben regarder où elle mettait les pieds quand elle fut sur cette terrasse pour bien les poser sur les dalles prévues à cet effet. La porte-fenêtre d'accès de l'autre terrasse était fermée avec une lourde serrure également. La vitre avait été remplacée par une lourde plaque de métal. Un code était nécessaire pour entrer, mais HPL l'avait vue grâce aux caméras et l'ouvrit.

Lovecraft fut très heureux de voir Alice.

Il était seul, mais il ne s'ennuyait jamais. Depuis qu'elle avait ramené son cerveau de Yuggoth[5], conservé là-haut aux confins du système solaire par *Ceux du dehors,* toute l'équipe s'était ingéniée à le brancher sur le Net, le DarkNet, et tous les réseaux possibles et imaginables. Il était au courant de tout.

La petite pièce était encombrée d'ordinateurs, de relais avec des lampes qui clignotaient et des câbles qui rejoignaient une espèce de très grosse Bombe de Mahler qui contenait le cerveau de Lovecraft conservé et protégé dans ce récipient par Ceux du dehors.

Il ne s'était jamais remis à écrire, on ne sait pas pourquoi. Et personne n'a osé le lui demander...

---

[5] Voir Lovecraft à Espérance

Alice ne venait pas pour ça. Elle venait s'entretenir avec lui des récents événements, et de l'apparition de Keziah. Toute l'œuvre de l'écrivain pouvait être une base de données sur la mythologie qu'il avait déployée. Sachant que ceux qu'il appelle parfois les « Dieux » ne sont en fait que des entités extraterrestres incompréhensibles pour l'entendement humain et dont on ne connaissait ni le but ni les pensées, si ce dernier mot signifiait quelque chose en ce qui les concernait.

HPL (Howard Phillips Lovecraft) pouvait néanmoins être d'une grande utilité...

« Garand est revenu, dit-elle d'emblée. Je l'ai vu au commissariat... Il a fait exprès de se montrer pour que je le voie...

    - Ah ? C'est donc que l'affaire de Keziah n'est pas qu'une simple histoire de sorcière...

    - Je trouve que Garand a changé. Il est moins tortueux et moins névrosé, je dirais même plutôt moins hystérique...

    - Oui, mais tu sais bien que cela ne vient pas de lui, cela vient de ses commanditaires, ceux qui le manipulent telle une marionnette...

    - Oh là tu exagères Howard !

    - Pour en revenir à notre sujet, Sonia ne semblait pas si bien tenir Keziah... Puisque cette dernière s'est exfiltrée...

- Je ne sais pas. Est-il possible que Nyarlathotep ait ordonné à Keziah d'annuler ce qu'il avait fait ?[6]
- Oui, bien sûr.
- Mais pour quel motif ?
- Allons Alice, tu sais bien que les motifs de ces ET, comme vous dites aujourd'hui, sont incompréhensibles pour nous, simples Terriens...
- Hum...
- Quand je suis entrée et que j'ai vu ce laboratoire qui t'assiste dans cette toute nouvelle vie, j'ai pensé à l'ironie de l'histoire, toi qui étais attaché au XVIIIe siècle, qui ne voulait pas entendre parler de modernité, te voilà à l'avant-garde !
- Tu n'as qu'à moitié raison. J'ai toujours adoré les sciences. Ce n'est pas parce ma grave dépression m'a empêché de faire des études supérieures que je ne m'y suis pas mis de moi-même ; j'ai étudié et suivi toute l'actualité des sciences. J'ai assisté à la naissance de la relativité restreinte et de la relativité générale ainsi que de la physique quantique. J'ai pu, depuis que je suis ici, compléter mes connaissances. J'étais déjà, dès le début du 20e siècle, passionné d'astronomie. J'ai utilisé mes

---

[6] Voir le volume précédent « Cthulhu dégage... »

connaissances dans mes publications. Je n'ai pas fait état de ces connaissances en faisant des exposés scientifiques, mais toutes mes intrigues sont basées sur elles ! Et n'oublie pas que c'est moi qui ai raconté l'histoire de Ceux du dehors. J'ai raconté, en quelque sorte, mon propre futur ! »

Elle avait toujours eu envie d'entamer une discussion avec HPL sur son œuvre. Mais à chaque fois que cela avait été tenté, cela avait échoué. Là il semblait que l'occasion se présentait.

« Pourtant tu as prétendu que ta 'fiction', puisque tu l'appelais toi-même comme ça, est basée sur tes rêves.

- Bien sûr ! Ce n'est pas contradictoire. Et d'où crois-tu que viennent nos rêves ? Du monde réel, de ce que nous avons vécu, de la manière dont nous l'avons vécu, et comment notre inconscient y réagit. Et certaines personnes sont sensibles aux messages qui traversent le cosmos sous forme de particules qui savent passer d'un espace-temps à l'autre... Je viens de lire un article scientifique : *la physicienne états-unienne Leah Broussard, du laboratoire national Oak Ridge qui a produit l'uranium 235 du projet Manhattan, fait le buzz en ce moment. Plusieurs articles laissent entendre qu'elle se prépare, avec ses collègues, à ouvrir une porte interdimensionnelle permettant de pénétrer dans un autre univers parallèle.* C'est une question de non-conservation de la parité dans le monde des particules élémentaires suggérée par Richard Feynman. Concrètement, des particules tout aussi neutres électriquement, en l'occurrence des neutrons, pourraient se convertir temporairement les unes dans les autres entre les deux mondes. Même s'il ne faut pas imaginer une copie de la Terre dans un univers parallèle miroir, des neutrons dans notre univers pourraient se convertir en des neutrons dans l'univers parallèle, s'y déplacer, puis se reconvertir en neutrons dans notre univers. Cela ouvre des perspectives dont j'ai déjà raconté les conséquences possibles dans certaines de mes histoires !

- Ben dit donc, jamais je n'aurais pu penser que ma question nous entraîne si loin !

- Je viens de lire un livre me concernant : *Lovecraft, je suis Providence*, d'un certain Joshi. Ma foi, il raconte un peu trop ma vie privée, mais cela m'apprendra à écrire tellement de lettres ! Voici ce qu'il dit par exemple : **Les Montagnes hallucinées** *rend explicite ce qui n'a jamais cessé d'être évident : que la plupart des* **dieux** *du*

Mythe ne sont que des créatures extra-terrestres et que leurs fidèles (y compris les auteurs de livres occultes que Lovecraft et les autres citent si fréquemment) se trompent sur leur véritable nature. Pas mal hein ? Du coup, si on veut parler de nos affaires en cours : *Keziah se contente d'appliquer les mathématiques les plus avancées pour se propulser dans l'hyperespace.* C'est ce que dit Joshi qui a tout à fait compris mon œuvre.

- Oui, mais si elle le fait c'est que quelqu'un ou quelque chose l'aide. Elle ne peut pas y arriver toute seule !

- Exact ! C'est Nyarlathotep.

- Et s'il le fait, c'est dans un but précis...

- C'est sûr ! Mais lequel ? D'ailleurs Joshi souligne : *l'ensemble de l'œuvre de Lovecraft ne dessine pas de Nyarlathotep une personnalité cohérente.* Eh oui ! Je fais ce que je peux, je raconte ce que me disent mes rêves, et ils ne sont pas parfaits ; leur langage est symbolique. Si tout était aussi simple que $1 + 1 = 2$ on n'aurait plus rien à chercher... Joshi me cite aussi de cette manière : *À Nyarlathotep, le Puissant Messager, tout doit être rapporté. Et Il prendra la ressemblance des hommes, le masque de cire et la robe qui dissimule, et Il descendra du monde des Sept Soleils pour narguer (...)*

- Tu dis toi-même quelque part que *Ceux du dehors* adorent Nyarlathothep...
- Mais ce n'est pas dit dans la nouvelle !
- Non, mais tu l'as expliqué dans une lettre ! Will Murray a pensé que ce bateleur itinérant (Nyarlathotep) est inspiré de Nikola Tesla (1856-1943), celui dont on a donné le nom à l'intensité du champ magnétique, et qui savait merveilleusement bien mettre en scène ses expériences électriques.
- Je ne sais pas. Je ne m'en souviens pas. Mais cette hypothèse est plausible.
- Et qu'en est-il de Shub-Niggurath ?
- Pourquoi me parles-tu de Shub-Niggurath ?
- Je ne sais pas, ça m'est venu comme ça...
- Ah ! Cela n'est pas innocent. Shub-Niggurath fut un moment (mais que veut dire 'un moment' en dehors de notre espace-temps ?) l'épouse de Yog-Sothoth avec qui ils eurent une progéniture : Yug et Yeb.
- Tu peux m'en dire plus ?
- Non. Je n'en sais pas plus. C'est tout ce que mes rêves m'ont dit. Et que certains ont copié...
- Tu en as parlé dans, justement, *Celui qui chuchotait dans les ténèbres*...
- Oui c'est vrai, mais c'était pour l'ambiance. Je n'en sais pas plus.

- Je crois que les événements d'ici sont liés à cette entité...
- Pourquoi ?
- Il est beaucoup question de sexe, de relations amoureuses, et les relations amoureuses c'est du sexe...
- Oui, c'est vrai. Mais en ce qui concerne Shub-Niggurath, il est plutôt question de reproductions ignobles, de relations incestueuses...
- Justement... Toute cette énergie sexuelle, y compris les relations incestueuses, ici, tout cela c'est pour Shub-Niggurath !
- Bon ! Si tu n'as rien d'autre à m'apporter, je vais m'en retourner...
- Je suis désolé...
- Au fait, avant de partir, tu n'as pas non plus donné trop d'information sur ce que tu as appelé l'*Ordre ésotérique de Dagon*, notamment *dans Le Cauchemar d'Innsmouth*...
- Si ! Je développe un peu dans cette nouvelle... Tu me soumets à un véritable interrogatoire ?
- Non... J'essaie de rassembler des éléments pour mon enquête. Mais tu n'es pas très bavard... Et les shoggoths alors ? Ils sont les vedettes dans ton roman *Les Montagnes hallucinées*, mais tu en parles plusieurs fois dans *Le Cauchemar d'Innsmouth*... par exemple !

- Oui, je crois sincèrement que les *Profonds* les utilisent à leurs propres fins... Ce sont des créatures des profondeurs, c'est là qu'elles se cachent.
- Ah ! Voilà !
- Elles peuvent prendre toutes les formes qu'elles veulent. Elles sont grandes et visqueuses et peuvent absorber spontanément toute créature qui s'approche d'elles... Je ne comprends pas que le Drac ne te donne pas d'informations sur ce sujet...
- À qui le dis-tu ! Je vais voir ce que je peux faire... Tu n'as pas eu d'information sur tes réseaux ?
- Je vais voir, suite à l'information que le Drac t'a apportée.
- Au fait, tu ne parles plus de *Ceux du dehors*... Ils t'ont oublié ? On n'entend plus parler d'eux...
- Je ne sais pas, mais ce que je sais c'est qu'ils n'ont pas que moi à penser, ils ont d'autres soucis, d'autres collectes à faire. D'autre part, le site ici est malfaisant pour eux... C'est ce que j'ai ressenti. Je ne peux pas t'en dire plus maintenant là où j'en suis de mes investigations. Quand je serai prêt, je te ferai part de mon analyse... »

Et Alice prit congé... Quand elle sortit, Jean la prévint qu'il était aussi parti pour Espérance pour faire une partie de pêche au bord du fleuve. Il invita sa fille à le rejoindre, au cas où le Drac se manifesterait. La partie de pêche était un prétexte… Et, pourquoi pas, peut-être pêcherait-il un *Profond* ? Quelle coïncidence ! Les grands esprits se rencontrent…

Jean 1 : Partie de pêche

Jean gara sa voiture sur les quais, récupéra son matériel de pêche dans son coffre et descendit au bord du fleuve en empruntant un escalier qui courait le long de la digue, à proximité de la rampe d'accès des bateaux.

Il déballa son matériel et s'installa juste au bord, près des enrochements, après avoir coupé quelques hautes herbes.

Il pêchait au petit, avec des asticots, ces bestioles qui se nourrissent des cadavres et qui nourrissent les oiseaux, les poissons, et servaient autrefois à guérir les blessures, car ils ne mangent que les chairs décomposées, ils permettaient ainsi de nettoyer les plaies.

Il lança donc sa ligne assez loin et laissa le bouchon suivre le courant du grand fleuve. Il retint plusieurs fois la ligne en fin de parcours et obtint immédiatement une première touche.

Il ferra et sentit une énorme résistance ! Il relâcha doucement tout en laissant le fil tendu et laissa le monstre emporter sa ligne tout en le fatiguant... Le manège dura ainsi plusieurs minutes. Puis il enroula son moulinet et la force du poisson eut raison de sa ligne qui cassa. Le poisson, un très gros chevesne sauta hors de l'eau pour le narguer...

Il répara sa ligne et persévéra à pêcher petit. Il sortit ainsi quelques ablettes, des rousses, de petits chevesnes et autres poissons moins intéressants que ces dernières.

Après une heure, il entendit quelqu'un le héler sur le quai en haut de la digue :

« Salut Jean ! Ça mort ? »

C'était Garand. Comment avait-il su qu'il était là ?

Il se retourna tout en gardant la ligne dans l'eau et proposa : « Descends, si tu veux discuter ! »

Garand descendit immédiatement.

« N'as-tu pas peur de ferrer le Drac avec ta canne à pêche ? » Ironisa-t-il.

« Oh non ! Sauf s'il avait pris la forme d'un poisson. »

Et il pensa au gros Chevesne de tout à l'heure...

« J'ai arrêté une bande de jeunes d'origine algérienne qui sont sans doute ceux qui ont été possédés par l'Homme Noir par l'intermédiaire de Keziah...

- Et que vas-tu en faire ?

- Je ne sais pas...

- Tu ne sais pas ? Mais comment ça ? C'est incroyable ça ?

- Et toi ? Que fais-tu ici à pêcher? Tu perds ton temps non ?

- J'essaie de détecter des signes. Je pense à Sacha et à l'île... Qui est désormais enfouie sous l'eau avec son puits...

- C'est trop tard, j'ai invoqué Sacha et je suis son maître...

- Ah zut ! T'es pas marrant... »

Jean était surpris de la réponse de Garand. Il avait parlé de Sacha comme ça, pour trouver un prétexte afin de cacher son véritable but... Et il attendait Alice qui n'allait pas tarder à venir...

Il changea de ligne et se mit à pêcher au gros. Il utilisa comme appât les petits poissons qu'il venait de pêcher et qu'il conservait dans un seau d'eau puisée au fleuve. Il en sortit une petite brème bien bossue et enfila le gros hameçon dans son dos en faisant ressortir la pointe de l'autre côté. Il fallait que cela soit bien fait, afin que l'appât ne se perde pas pendant la pêche.

Il lança sa ligne précautionneusement d'un geste ample, mais ferme et le poisson frétillant plongea assez loin du bord... Il le laissa dériver un peu et ferra légèrement pour faire bouger l'appât et ainsi envoyer les vibrations à un éventuel brochet. Il avait fait attention de ne pas avoir trop de fond, car il ne voulait pas prendre un silure dévastateur. Sa ligne n'était pas faite pour ça... Il avait posé son épuisette sur le sol à côté de lui. La touche arriva à la première fin de coulée ! Le bouchon s'enfonça brutalement et il laissa soigneusement le moulinet dérouler le fil avec une pression suffisant, mais pas trop forte pour ne pas arracher le poisson et l'hameçon de la gueule du fauve.

Il fallait attendre que le brochet avale sa proie pour que la pointe acérée entre dans sa gorge, ce qu'elle n'aurait pas pu faire dans son gros bec très dur... Pour cela il fallait que le fil arrête de se dérouler de la bobine... Quand ce fut le cas, il attendit un peu, fit claquer le frein du moulinet et ferra vigoureusement d'un ample geste du bras tendu, car le fil était long et il ne fallait pas que seul il absorbe l'énergie du mouvement de ferrage... Le pêcheur sentit la masse du poisson au bout de son fil... Il était ferré. Il moulina lentement, mais fermement sans arrêt, en continu jusqu'à ce qu'il voit le poisson épuisé, remonter à la surface. Il cria : « Garand, passe-moi le filet ! » Ce dernier était déjà prêt à côté de lui et se positionna au bord en tendant le filet. Sans laisser le fil se détendre, Jean tira lentement le poisson d'un mètre de long juste au-dessus du filet et Garand remonta le tout avec le poisson frétillant dedans... Ils s'éloignèrent prudemment du bord, car le poisson puissant sursautait violemment... Après un certain temps, l'asphyxie eut le dessus et il ne bougea plus que mollement.

« Tu le maintiens bien au sol, je vais chercher les pinces... » dit-il à Garand.

Il sortit les pinces de son attirail de pêcheur, s'approcha, entra la main dans le filet en passant bien par le dos du poisson et évitant ses grandes mâchoires, le saisit par le haut en entrant ses doigts dans les ouïes et le tint à la verticale pour regarder dans sa bouche où se trouvait l'hameçon. À l'aide des pinces il saisit l'hameçon et d'un geste courbe de la main, il le sortit de la gorge du fauve.

«Ben alors, je ne te savais pas un tel talent de pêcheur de fauves...

    - Eh oui, que veux-tu... On en apprend tous
    les jours... »

Il brandit la bête et dit : « On prend une photo ? »

Garand ne bougea pas. Quand on entendit la
voix d'Alice provenant du haut de la digue :

« J'arrive papa, je te prends en photo ! »

Jean était très heureux de la voir. Garand aussi.

Une fois la photo prise, une autre voix se fit
entendre en haut de la digue, comme venue
du ciel.

« Bonjour messieurs-dame ! Belle prise ! »

Ils levèrent la tête tous les trois et virent Sonia Green qui leur souriait, de son sourire
éclatant.

« Rejoignez-nous ! » L'invita Garand.

Elle le prit au mot. Ils se retrouvèrent tous les
quatre autour du brochet qui venait juste de
mourir...

Jean fouilla dans sa poche et sortit son grand
opinel bien aiguisé, l'ouvrit et tourna la bague
de sécurité. « On va le vider ! » Il s'accroupit
au-dessus du poisson posé dans l'herbe folle,
mit la bête sur le dos et lui ouvrit le ventre,
écarta l'ouverture et saisit les viscères à pleine
main et tira. Il coupa les liaisons avec la tête
(œsophage, etc.) et sortir la masse viscérale
avec adresse. Le poisson avait l'air sain sans
parasite apparent. « Je vais voir ce qu'il a

dans l'estomac... » Il fouilla dans sa caisse de pêcheur et sortit une paire de petits ciseaux bien affûtés. Les viscères du poisson subirent une véritable autopsie. Alors que le ciseau découpait l'estomac, tout le monde vit comme un mouvement à l'intérieur... Vous savez, comme dans ces films *Alien*, une chose tentaculaire qui bouge ! Chacun avait comme un sifflement à l'oreille, un chuintement aigu, qui semblait lointain, très lointain, mais qui vrillait l'oreille. Garand se tourna vers Sonia : elle présentait un sourire sardonique et ses yeux brillaient... « Ça va Sonia ? » interrogea-t-il...

« Oui tout va bien ! » répondit-elle, alors que le sourire s'effaça et le bruit cessa. Garand ne dit rien, mais il enregistra la chose...

Son regard se porta de nouveau sur les entrailles du poisson que Jean tripotait toujours. L'estomac fut coupé et soudain, la chose qui bougeait dedans sortit, comme un éclair, comme la larve de l'alien dans le film. Chacun se recula craignant qu'elle ne leur saute à la figure, mais ce n'était visiblement pas son but...

« C'est quoi ce poisson que le brochet a mangé ? Il est toujours vivant ! » Grommela Jean...

Ce « poisson » avait quatre pattes. Cela ressemblait vraiment à un poisson, mais avait des pattes... Une chose répugnante.

Effectivement, elle poussa un cri, sauta sur le sol et, comme une flèche, ce « poisson » à quatre pattes retourna au fleuve en une fraction de seconde.

Pourtant, cela avait semblé durer plusieurs minutes aux personnes présentes : Jean, Garand, Alice et... Sonia !

« Sonia ? » s'écria Jean...

Sonia avait soudain disparu. Pas partie, disparu : personne ne l'a vue partir. Si elle était partie, les autres l'auraient vue s'en aller le long de la rampe à bateau de la digue...

« Quel drôle d'oiseau cette Sonia ! » s'esclaffa Garand.

Alice : « Je ne l'ai pas quittée des yeux depuis qu'elle est arrivée. Elle était bizarre...

> - Que veux-tu dire par *bizarre* ?
>
> - Ce n'était plus la même Sonia ! Elle avait perdu toute sa gentillesse remplacée par un profond maléfice. Je pense qu'elle est de nouveau habitée par la sorcière... »

« Tu crois ? » s'inquiéta son père.

« Oui... » je le pense aussi, confirma Garand...

Alice se proposa de retourner chez Lovecraft et lui demander d'organiser une rencontre avec le Drac.

Le journal de Wilcox 2

Le ciel était avec moi, car vers 12 heures Sonia a été informée que des documents étaient à sa disposition dans son casier. Elle m'a demandé d'aller les chercher et de les lui apporter...

Entre midi je l'ai appelée assez tard. Mais malgré tout je l'ai réveillée. Elle avait bien dormi.

On a parlé de nos affaires ; elle a interrompu la conversation pour se préparer puis s'est proposée pour me rappeler au portable pour qu'on puisse continuer à parler alors qu'elle roulait vers son boulot...

Au moment d'arriver au boulot, elle me dit que ses beaux-parents l'attendaient.

Quand je l'ai vue plus tard dans l'après-midi, elle me dit que c'était son beau-père qui lui amenait de la compote... Voilà que ça recommençait...

En fin d'après-midi je suis allé la voir.

Elle n'avait pas bonne mine. Sa tenue ne lui allait pas... Elle avait son air fatigué quand elle était amoureuse et qu'elle tentait de lutter contre ce sentiment.

Elle avait été très prise et n'avait pas pu lire le sms amoureux que je venais de lui envoyer avec quatre jolies pivoines, deux roses et deux blanches... Quand elle l'ouvrit, elle sourit de manière attendrie...

Je pensais qu'elle enregistrait l'image, car elle réalisa plusieurs manœuvres de clavier.

Quand elle faisait des photocopies, je lui caressais les doigts cachés par le rabat de la photocopieuse...

On a discuté une demi-heure sur le parking.

On a parlé de ses tenues. Elle a tenté plusieurs fois de me rendre jaloux. Avec le recul je pense l'avoir involontairement vexée à propos de ses tenues... Je tentai quelques caresses discrètes, mais elle esquivait en protestant qu'on pouvait nous voir. Je lui ai dit : « Je t'aime » et elle protesta également ne voulant pas que je lui dise en public...

Mon analyse était juste : elle était amoureuse et luttait...

Jeudi, je lui avais dit que j'avais échangé les cadeaux que je lui avais faits (et qu'elle avait refusés) contre une montre. Elle s'en était réjouie. Elle me demanda aujourd'hui si c'était la montre que je portais... Ce genre de détail me montrait à quel point elle restait attachée à moi...

On avait pris rendez-vous téléphonique pour le lendemain matin...

« Laisse-moi partir faire mon ménage si tu veux qu'on se téléphone demain ! » Me dit-elle.

On a parlé de mariage et je lui ai dit :
« Je t'ai demandée en mariage non ?
        - Mais je n'ai pas dit "oui" »
Je notai qu'elle n'avait pas dit qu'elle avait dit "non" !

J'avais très peur de ce samedi... Les samedis ont toujours été les jours des « grandes décisions » de sa part...

Après le long cycle des samedis divins, je craignais un cycle de samedis infernaux !

Mais je me réjouissais qu'elle n'ait pas rechigné d'avoir une réunion en tête à tête avec moi lundi soir...

Pour dimanche elle m'avait dit : « Je ne sors pas ! » Donc pas de coup de fil. Je répondis qu'on pourrait s'appeler pour des motifs professionnels, car on avait des réunions à préparer...

Comme je l'aime !

Le sms de Sonia arriva à 10 heures 33. Elle était bien. Enfin elle disait qu'elle était bien. Elle m'expliqua qu'elle m'avait appelé il y avait une demi-heure pour me prévenir qu'on aurait moins le temps, car elle devait partir à 13 heures 15 et il fallait qu'elle se prépare... Elle se faisait bien du souci pour moi.

On a parlé surtout de nos activités. Elle ne parlait plus de l'hypothèse de les abandonner. Ce fut très agréable.

Quand son sms était arrivé je lui en avais envoyé un : « Je t'aime très fort mon Ange. J'ai l'honneur de te demander ta main. »

Je lui posais la question :

« As-tu eu mon sms ? Faut penser à l'effacer...

- Ouiii...
- Je te demande en mariage dans ce message !

107

- ...
- Ne réponds pas ! Ne dis rien, surtout pas "non" !
- Si je répondais "oui" à ta demande en mariage tu serais bien embêté !
- Noon ! Pas du tout ! J'aurais vite réglé le problème tu verrais... »

Autrefois elle me répondait : « Je suis déjà mariée ! »

Y a du progrès !

Je l'invitai également à me téléphoner le lendemain pour parler de nos dossiers. Elle ne pensait pas les étudier d'ici là... Elle est restée très proche de moi dans cette conversation.

Nous étions toujours très unis.

Ah quelle belle soirée.

À part le message de sa boîte professionnelle le matin, je n'ai pas eu de nouvelles.

On devait se voir le soir. Un tête-à-tête qui m'angoissait un peu.

Quand je suis arrivé, Sonia était déjà là. Elle avait eu un rendez-vous à côté et avait pu venir à l'heure...

Pour une fois que je m'étais arrangé pour ne pas arriver trop tôt.

Comme elle était belle avec ce pantalon noir, ce bustier noir à boutons blancs (dont elle m'avait parlé l'autre jour), quelle silhouette, comme je la désirais ! Je regardais toutes ces merveilles : son décolleté, ses hanches, ce petit creux en haut entre ses jambes quand elle les croisait, son joli bassin quand elle me tournait le dos...

Je lui ai offert ma marguerite séchée dans un petit carton plié en deux... Elle a beaucoup apprécié. J'ai remarqué ses jolis bracelets, et lui ai demandé qui les lui avait achetés. Elle m'a répondu : « Ça ne te regarde pas ! » Puis a rectifié : « Je me les suis achetés samedi... »

Elle m'a fait cette même réponse en deux temps le 19 mars quand elle s'était acheté une bague pour marquer l'anniversaire de ma déclaration d'amour. Sans doute avait-elle acheté ce bracelet avec des petits cœurs en pensant à moi.

Elle me montra où elle cachait mon petit billet d'amour du mois d'avril (quand elle avait refusé mes cadeaux...) et la marguerite que je venais de lui offrir...

Elle s'était rapprochée de moi avec sa chaise, et croisait ses belles et longues jambes dans ma direction. J'intercalais ma jambe droite entre les siennes et on est restés comme ça très longtemps jusqu'à ce qu'elle prenne une crampe...

Elle arrangeait le col de ma chemise, tenta d'enlever sous mon nez ce qu'elle croyait être un petit brin alors que c'était un poil de ma barbe pas rasé... Plein de gestes affectueux, des gestes d'amour...

J'ai eu du mal à me concentrer sur notre travail. Je lui tenais la main, elle ne la retirait pas. Je posais ma main sur sa cuisse. Je lui caressais les hanches. Je lui disais « je t'aime » elle répondait : « Tais-toi, on va nous entendre ! »

« Est-ce que tu m'aimes ? » Lui demandai-je ;

« Non ! » Répondit-elle comme je m'y atten-dais.

« Pourtant tu m'as dit il y a peu que tu m'aimais même si tu me faisais croire le con-traire… Lui rappelai-je.

-   Oui, c'est vrai, je t'aime beaucoup… »

Je tentais de l'embrasser sur la bouche, mais elle résistait très bien.

Après la réunion, je la forçais très fort, je la serrai contre moi et lui arrachai un baiser fou-gueux et passionné, avec explorations de nos bouches… Je la coinçais même contre le mur, mais elle tenait ses deux sacs, un dans chaque main et ne se laissait plus aller… Je tentais de lui caresser les seins (ce qu'elle aimait plus que tout), mais elle a très bien esquivé… J'ai été trop impatient. Il aurait fallu patienter !

Un moment j'ai vu une ombre passer dans son regard… elle avait culpabilisé…

Je connaissais bien ses phases… C'était un préliminaire…

Il fallait continuer…

Puis on est restés longtemps sur le parking et on a parlé de sa beauté, de ses vêtements.

Elle a parlé de moi et n'a pas eu peur de dire qu'elle adorait certaines de mes mimiques…

Je lui ai parlé de son rêve dans lequel elle conduisait ma voiture et craignait de conduire une grosse voiture. Je lui expliquai que cela montrait qu'elle avait peur de la relation avec moi, car j'étais trop grand pour elle.

« Mais tu allais mourir, j'essayais de te sauver...

- Tu avais peur que notre relation meure...
- Oui... mais je suis toujours là... »

Je l'ai exhortée à quitter son mari pour qu'on se marie...

Elle riait.

Puis je lui ai dit : ne démarre pas trop vite qu'on puisse partir ensemble...

On a donc démarré et elle roulait devant moi, elle s'est arrêtée au feu orange je me suis placé à côté d'elle au feu et nous avons échangé de douces paroles et des sourires...

« Un merveilleux moment passé ensemble au feu rouge... » Lui ai-je lancé.

Quand le feu est passé au vert je lui ai envoyé un baiser de la main. Elle était rayonnante !

Ce soir-là j'ai exorcisé tous les soirs où le feu passait au vert quand on arrivait...

Une soirée pas si mal, une semaine seulement après son retour de vacances...

C'est fou ce que je l'aime.

J'ai passé une mauvaise nuit. Réveillé à 5 heures et pas rendormi.

J'avais une crainte qui me minait...

Cette crainte allait se confirmer dans la journée...

Merveilleux message ce matin avec la citation de la chanson « Mon amie la Rose »...

« La plus belle des fleurs ne reste belle que dans les yeux de son jardinier. » A-t-elle écrit en réponse à mon message dans lequel je disais que c'était elle la plus belle des fleurs...

Mais la journée s'est mal poursuivie.

En sortant de chez le psy je lui ai téléphoné et elle m'a demandé quand je lui raconterais.

J'ai promis d'essayer de l'appeler entre midi.

J'ai pu l'appeler vers 13 heures 35.

On a bien parlé. J'ai parlé de ma vie sexuelle, jusqu'à ce que je lui dise que j'avais été attirée autrefois par une telle et une autre...

Cela a déclenché une crise de jalousie chez elle qui s'est exprimée par le fait que j'étais « comme les autres » et qu'elle s'était fait avoir, car si j'avais osé avec ces femmes, et qu'elles avaient dit oui, expliqua-t-elle, j'aurais eu une liaison avec elles...

Et elle pensait que c'est ainsi que j'avais fait avec elle.

J'avais beau protester, pas moyen de la faire changer d'avis.

Elle refaisait sa crise de paranoïa comme en janvier dernier.

Je lui ai dit qu'elle aussi était attirée par d'autres hommes et je citais quelques noms. Elle acquiesça à demi, mais me dit que ce n'était pas la même chose... qu'il n'y avait rien de sexuel là-dedans...

Pourtant si !

Le soir elle est venue à la maison après une réunion et on a pu parler ensuite quand je l'ai raccompagnée à sa voiture. Elle n'avait pas changé d'avis !

Par exemple, quand je lui ai dit tout doucement « je t'aime » elle a répondu : « Je m'en fous ! »

C'était tout à fait elle ça... Elle n'en pensait pas un mot... Elle voulait dire que cela ne l'angoissait plus que je lui dise... Elle avait toujours des manières élégantes de répondre !

Elle m'a dit aussi qu'elle continuerait à « m'aimer bien »... Qu'elle m'avait aimé et que c'était l'essentiel...

Ce qui dans sa bouche voulait dire qu'elle m'aimait toujours...

D'ailleurs cette crise qu'elle faisait en était la meilleure preuve...

Je lui ai écrit un long message, mais je craignais qu'elle ne le lise même pas... comme en janvier...

En janvier elle m'avait écrit : « Va te faire f... » En réponse à mon message « Bonjour ! »

Mais ce soir quand elle est partie, elle m'a quand même fait un gentil signe de la main.

J'étais désemparé, très angoissé. En sueur...

Sonia a repris le cycle « j'aime mon mari » dans toute sa splendeur. Elle écrit que notre liaison lui avait fait comprendre qu'elle était mariée depuis maintenant près de 35 ans avec l'homme qu'elle aimait. Classique... « Je serai néanmoins toujours ton amie. Je t'aime beaucoup, avec tes qualités dont je t'ai parlé tant de fois, mais aussi avec tes défauts dont le plus important est, je crois, le manque de maturité. » A-t-elle notamment écrit.

Question « manque de maturité » elle avait de qui tenir !

On se demande ce qu'elle était venue faire avec moi.

Mais ça lui passerait de nouveau comme la trentaine de fois qu'elle m'a fait ce coup depuis le 28 mars 2009. À chaque fois elle m'avait dit que c'était définitif...

Et à chaque fois j'avais peur que ça le soit vraiment...

Cette fois aussi évidemment... Si ça ne lui passait pas, j'aviserais une attitude de réplique.

Enfin, elle m'a répété qu'elle m'aimait beaucoup.

Je l'ai appelée entre midi. On a beaucoup parlé. Un peu évacué les nuages qui planaient sur nos têtes. Je l'ai trouvée un peu mieux disposée, mais toujours dans sa décision « amicale »...

Elle s'est bien défendue un peu en disant que j'avais toujours l'art de la convaincre (sous-entendu faussement...), mais je sentais qu'elle était ébranlée sur la question de ma « normalité »...

Elle a repris sa théorie basée sur rien que je serais amoureux comme ça parce que j'aimais bien l'être.

Je n'étais pas « amoureux comme ça », mais amoureux d'elle que diable... J'insistai sur ce point.

Elle m'a de nouveau raconté comment elle s'était rabibochée avec son hamster de mari. Cela m'a agacé. Comment une femme comme elle pouvait-elle vivre avec cet animal de compagnie ? Je lui ai fait part de mon point de vue.

« Tu ne fais jamais rien avec lui ! rappelai-je.

    -   Ah oui c'est comme ça depuis le début... »

Elle m'a traité d'adolescent dans son message du matin. S'il y avait un adolescent dans le trio, c'était bien lui !

Elle m'a même raconté que pendant notre liaison elle avait questionné son toubib pour lui demander si c'était normal à son âge de ne plus avoir d'envie sexuelle comme c'était le cas avec son mari. Le médecin lui avait répondu que non bien sûr...

Je lui dis clairement qu'elle avait choisi la solution de facilité. Elle vivait avec ce type (enfin peut-on appeler cela « vivre » ?) depuis presque trente-cinq ans c'était trop dur de changer...

Enfin bref grâce à moi qui ai « réveillé sa libido » elle a repris du poil de la bête et s'est repliée sur son couple vieux de presque trente-cinq ans...

Elle m'a parlé de sa naïveté, de sa manière d'allumeuse (je lui rappelais que les allumeuses n'ont pas conscience d'allumer, ce qui était son cas...), je lui répondis que ce n'était pas de la naïveté, mais de la fraîcheur.

Je lui posais la question suivante :

« Le 28 mars tu m'avais dit que tu "avais fait plaisir à ton mari"… Tu sais que cette expression veut dire en général "tailler une pipe" ?

- Ah bon… Mais ce n'était pas ça… »

Le soir je l'ai appelée à 18 heures à la sortie de son boulot. Je suis tombé sur son répondeur. Puis elle m'a rappelé.

Je lui ai dit que je n'acceptais pas qu'elle mette en doute ma sincérité. On avait fini la conversation à midi par le fait qu'elle m'avait dit que peut-être j'avais été séduit par elle parce qu'elle m'avait « allumé »… La conversation avait été interrompue par un appel sur mon autre portable et elle avait un rendez-vous…

Elle a parlé assez longtemps du fait qu'elle était allumeuse. Je lui ai dit que j'étais convaincu, que l'on en avait discuté et que je n'avais plus aucun problème avec ça…

« Mais moi, jamais tu ne m'as allumé. Jamais ! » Répliquai-je.

Elle l'admit. D'autant plus qu'elle avait dit auparavant qu'elle allumait les hommes pour qui elle avait peu de respect…

J'insistai pour dire que j'étais déjà assez malheureux qu'elle ne veuille pas faire vivre mon amour pour elle (je ne disais pas « notre » amour, car elle avait peur de l'entendre…), mais en plus elle inventait des erreurs, des mensonges de ma part, des erreurs et mensonges qui n'existaient pas…

C'était la double peine !

On a bien discuté. Elle a évolué. Elle m'a même dit des choses stupéfiantes :

« C'est si « grave » notre liaison, c'est si important, ça marquera toute ma vie, j'en ai un souvenir si merveilleux, je pense que ça n'arrivera plus jamais. Je ne veux pas qu'un jour je sois déçu d'apprendre que tu n'as pas été correct avec moi... Que j'aurais fait cette chose aussi grave avec quelqu'un qui n'en vaudrait pas la peine...

- Et pourquoi veux-tu que ça arrive ? Il n'y a rien qui s'est passé qui peut le faire craindre... »

J'ai insisté sur le fait que cela n'arrivera jamais, cela ne peut pas arriver. « Je me suis toujours conduit comme un gentleman et je continue à le faire ! »

Elle en convint !

Quand elle me faisait ce genre de scène, c'était toujours pour contenir son grand amour pour moi qui l'emportait comme une vague... Ce n'était pas la première fois qu'elle me faisait cette scène. Ce fut le cas par exemple en automne, le jour où elle m'avait dit : « Je souffre tant de t'aimer tellement. Je voulais vérifier que je ne souffre pas pour rien, que tu étais sincère... Je suis sûre que je t'aime plus que tu ne m'aimes... » C'était un lundi 9 novembre. Il y a eu la rupture du 19 décembre et la longue remontée des enfers jusqu'au jeudi 15 avril où elle m'a fait une véritable déclaration d'amour, elle a reconnu l'importance qu'avait dans sa vie sa liaison avec moi, et enfin le 14 mai, où nous avons eu une relation physique et qu'elle m'a dit : « Je t'aime. Je n'y peux rien. J'ai essayé de m'en débarrasser, mais je n'y arrive pas... Je faisais semblant que ce n'était pas vrai, mais je te le dis : je t'aime ! Mon trésor. Mon chéri... » C'était pas si vieux ! Mais c'était avant les vacances.

Ce jour, elle n'était plus la même femme que la veille au soir.

Quand elle arriva chez elle, elle m'expliqua qu'elle avait appelé notre collègue et qu'elle verrait avec son mari si elle pouvait se libérer pour une réunion le lendemain... Elle devait raccrocher. Elle était redevenue adorable. Elle me rassura : « Ne t'inquiète pas... »

« Si tu as besoin appelle-moi ce soir ! » Lui proposai-je. Elle refusa poliment.

Mais finalement elle m'a appelé. Elle m'a informé de trois points et même si la conversation fut brève, comme toujours cela m'a fait un bien fou.

Quand on s'est quittés, elle m'a dit : « Bonne nuit ! » Avec un petit rire...

Je m'étais réveillé très tôt et très mal en point. Sonia avait commencé à rédiger une réponse à mon message amoureux du matin puis ne l'a pas envoyée... Quelles supputations pouvais-je faire ?

Dans le message non clandestin, elle m'a demandé si ça allait mieux. J'ai répondu : « J'essaie... »

Mais j'avais la hargne qui remontait...

J'avais l'impression que je n'y arriverais jamais...

J'échafaudais plein d'actes de rétorsion à la con... que je ne mettrais pas en œuvre, heureusement...

Elle m'avait dit tellement de choses méchantes hier et avant-hier...

Par exemple, elle m'avait dit que j'avais fait une psychothérapie avec elle et elle aussi.

Quant à moi, je n'avais pas du tout l'impression d'aller mieux. Au contraire...

Entre midi je l'ai appelée l'angoisse au ventre et ça s'est très bien passé.

Je l'ai réveillée. Elle me répondit de sa voix ensommeillée.

Ce fut une conversation divine !

Elle m'a rassuré sur la psychothérapie. Elle m'a expliqué qu'elle avait commencé à rédiger un message et avait fini par renoncer, car c'était trop compliqué...

Cette femme avait le don de souffler le chaud et le froid et là ce fut brûlant !

Elle a de nouveau fait de beaux éloges sur moi. Me disant qu'elle avait placé la barre si haute pour moi que parfois elle se demandait si c'était possible, s'il n'y avait pas tromperie...

Je lui répliquais que moi aussi j'avais placé la barre très haut pour elle, mais à chaque fois qu'un problème s'était posé, je le posais en laissant la barre toujours aussi haute.

Elle l'admit...

À la fin elle me stupéfia avec une question... charnelle !

« Quelles parties du corps préfères-tu chez moi ? » Me demanda-t-elle.

Je fus abasourdi de bonheur. « Je suis en train de me rouler par terre de plaisir ! » Lui lançai-je.

Et je répondis : « tes si jolis petits seins, ton cul (j'utilisai ce mot vulgaire, car elle venait de l'utiliser elle-même), ta bouche et tes yeux... »

Elle marqua son étonnement pour le choix de son cul.

« Il est sublime, si beau, si rond, si bien pro-portionné, je n'en ai jamais vu de si beaux ! »

Et j'ajoutai : « Ce que j'aime plus que tout c'est t'embrasser et plonger mon regard dans le tien ! »

« Et toi, tu ne me demandes pas ce que je préfère chez toi ?

- Aaaahhh ! Tu me l'as demandé. Je n'osais pas en espérer autant. Oui, Dis-le-moi !

- Ta bouche aux lèvres douces et épaisses, d'une grande mobilité. J'adore ta bouche. Et tes mains, si grandes et si belles... »

Puis en fin de compte, on a eu une réunion le soir.

Elle est venue toujours aussi belle. Et voici ce que je lui ai écrit pour son message du lende-main :

« Cet ensemble noir sur ce bustier blanc décol-leté. Ah comme j'aime plonger mon regard

dans cet interstice entre tes deux si jolis petits seins. Et cette jupe dont le tissu révèle les formes de ce qu'elle emballe, avec volupté, et qui, au toucher, semble inviter à sentir mieux la peau chaude et parfumée qui est dessous. J'ai rêvé toute la soirée de te tenir dans mes bras. Mais tu as remarqué que je n'ai pourtant jamais perdu le fil.

Hier midi nous avons échangé nos goûts sur les parties préférées du corps de l'autre. En fin de compte, à la réflexion, on ne peut pas faire mieux comme choix complémentaire : ma bouche et la tienne, mes yeux dans tes yeux, mes mains et tes petits seins et tes hanches, cette partie complète de ton corps si harmonieusement ronde, dont la rondeur est accentuée quand tu es assise, rondeur qui valorise ce si joli creux entre ton buste et la naissance de tes longues et belles jambes quand tu les croises. C'est divin ! J'ai envie de plonger ma tête là, de respirer l'odeur de ton corps, de prospecter. Tout cela, le haut et le bas va si bien avec mes "belles" mains chaudes et mes lèvres si tendres et si consistantes.

Quel plaisir de t'embrasser partout, d'explorer ton corps avec mes mains et mes lèvres. »

Je suis encore tout ébahi de bonheur...

Après la réunion on n'a pas pu passer un moment ensemble, car un collègue était garé au même endroit que nous. J'ai remarqué qu'elle était déçue. Quand on est sortis du local elle a demandé à ce collègue : «T'es toujours garé devant la porte ? » en espérant que ce fût le cas. Mais non…

On est quand même restés un moment côte à côte au feu rouge. Je lui ai envoyé un baiser discret de la main et quand c'est passé au vert elle m'a lancé un petit signe de la main. Jamais elle ne m'avait envoyé de baiser avec la main. Elle a beaucoup de difficulté à extérioriser ses sentiments. Ce n'est pas spécifique à sa relation avec moi. Par exemple, elle m'avait dit qu'elle n'avait jamais dit « mon chéri » à personne, sauf à moi…

Sonia avait repris l'utilisation du « vous ». Elle disait « vous m'emmerdez. » Je lui répondais : « Pourquoi tu me vouvoies ? Ou tu utilises le pluriel ! Avec qui me mets-tu dans le même sac ? »

Elle ne répondait pas vraiment à cette question ; faudrait que j'y revienne.

Journée pénible. J'ai appelé Sonia entre midi, car on attendait des fichiers et ils étaient arrivés. La conversation a été très désagréable. Avec tous ces hommes dans sa vie, ça me gonflait. Faudrait que je lui demande si son hamster de mari était au courant de tous ces amis masculins qu'elle avait…

Elle a été très froide, m'a assuré qu'elle ne m'aimait pas. Elle avait peur que je me fasse des idées… Elle ne supportait pas que je lui dise qu'elle m'aimait. Pourtant c'était vrai ! Elle m'assura que ce qu'elle m'avait dit le

14 mai était vrai à ce moment-là, mais plus maintenant.

C'est la pire catégorie des menteurs : ceux qui croient eux-mêmes à leurs mensonges.

Odieuse ! Elle a été odieuse !

Je suis rentré vers 14 heures 30 et lui ai envoyé ses fichiers. Elle devait m'appeler quand elle les avait eus, mais son coup de fil ne venait pas. Je l'ai appelée à plusieurs reprises et finalement elle a traité mes e-mails... Ce ne fut pas sans mal. Quand on s'est quittés, elle a été très gentille... « À demain », m'a-t-elle dit. Le soir quand je me suis connecté j'ai trouvé ce message qu'elle m'avait envoyé à 17 heures 33, croyant que je pouvais être arrivé à cette heure-là alors que j'étais arrivé à 19 heures : « J'espère que tu es bien arrivé et que tu as trouvé le soleil. Merci pour tout le mal que tu te donnes pour m'aider. Je suis désolée, mais je suis débordée au boulot en ce moment et j'ai du mal à tout traiter. Bon courage pour ton rangement. Bon week-end. Bisous ». Le message avait pour objet : "Merci"

Vu l'heure du message et son texte (« j'espère que tu es bien arrivé... ») elle espérait une réponse... Elle ne l'avait pas eue. Tant mieux elle avait dû mijoter dans son jus...

J'étais en train d'élaborer des vengeances pas piquées des vers, car mon amour se transformait petit à petit en haine... On verrait demain... Depuis avril les samedis étaient devenus de bons jours...

Ce vendredi me rappelle un certain autre où j'avais la même rage au cœur... Elle m'avait aussi envoyé un message d'excuses. Mais aujourd'hui ses excuses étaient ridicules, car très convenues... Mais c'était déjà mieux que lorsqu'elle me disait : « Je ne t'ai rien demandé... ».

La semaine prochaine on allait se voir à trois réunions : lundi, jeudi, réunion publique avec soirée chez moi après, et vendredi chez une amie...

J'étais en train d'élaborer une stratégie de rupture violente et douloureuse pour elle.

Voici les textes que j'avais préparés dans ma rage :

Sous ses airs d'ingénue
A trompé son monde
L'amour est bien vaincu
Ombre où tu te fondes
Pour la belle vérité
Enlève ton masque, allez

« Tu m'as dit « merci », c'est rare ! Pas de quoi !

Passe bien le bonjour à (je cite tous les noms des hommes qu'elle « aime »), et n'oublie pas le hamster... le pôvre cocufié par tellement de types. »

La discussion m'a un peu rasséréné, mais sans plus. À plusieurs reprises elle m'a demandé pardon d'avoir été aussi odieuse la veille. Elle m'a dit qu'on s'aimait beaucoup. Elle a maintenu qu'elle ne voulait plus de rapports sexuels. Que sur ce plan cela allait mieux puisque ça s'espaçait...

Elle m'a répété que notre liaison resterait unique dans sa vie et un souvenir merveilleux.

Elle m'a dit (au contraire de la veille) que sa relation avec moi ne pourrait jamais être sur le même plan que celle avec les autres étant donné ce qui s'était passé entre nous...

Elle était bien disposée envers moi puisqu'elle m'a proposé de me rappeler pour partager les frais.

Je lui fis remarquer qu'il n'y avait qu'avec elle que je pouvais parler de notre relation.

Elle me lança que si elle ne quittait pas son mari il y avait une bonne raison. Sans préciser laquelle. Je lui dis : « C'est parce que ça te fait de la peine de l'abandonner. Il ne sait pas se débrouiller tout seul m'as-tu toujours dit... »

Comme on parlait de son mari je lui dis : « Tu le nourris et tu le baises de temps en temps... » Évidemment cela ne lui a pas plu, mais tant pis. « Non ce n'est pas un animal de compagnie ! » M'affirma-t-elle.

C'est curieux, mais elle insista pour me faire comprendre que c'est elle qui décidait quand il devait y avoir des rapports sexuels avec son hamster. Baiser un hamster : beurghhhh ! Elle allait dans mon sens en quelque sorte.

Je l'ai mise en garde qu'elle ne soit plus odieuse avec moi, car à force elle me condui-rait à une rupture totale... J'ai noté que cela l'inquiéta.

« Je t'aime tellement que je ne pourrais jamais être indifférent. L'amour peut se transformer en haine... »

Elle me rappela qu'elle avait eu une perte de confiance en moi, car je lui avais dit que j'avais été attiré par des femmes alors que je lui avais déclaré que je n'avais jamais rien tenté.

Je lui fis part de ma perte de confiance en elle. On ne savait jamais quand elle disait la vérité : parfois elle m'aimait, parfois non. Elle répondit que lorsqu'elle disait quelque chose, c'était la vérité du moment.

Je lui rappelai ses deux mensonges : sur le compte e-mail créé par son écœurant « bébé », et son mensonge de me faire croire qu'elle n'avait pas téléphoné au vieillard lubrique pour Nouvel An. Elle maintint ses mensonges. Pour le vieillard lubrique, j'avais la preuve qu'elle avait menti. Mais je ne pouvais pas lui fournir, car je ne pouvais pas lui divulguer que je m'étais introduit dans le compte Internet de son portable et avait téléchargé ses factures avec la liste des appels...

« Ah les meilleurs menteurs sont ceux qui croient eux-mêmes à leur mensonge... » Affirmai-je.

Elle se complaisait dans ses symptômes hystériques. Je lui rappelai qu'ils lui étaient utiles... Que si elle avait quitté son mari pour vivre avec moi elle aurait guéri.

« Ces vacances ne sont pas bonnes pour toi, tu pars, tu baises avec ton mari et tu reviens con... »

Quand son mari est arrivé, elle a demandé qu'on raccroche... La prochaine fois je ne le ferai pas... Elle m'a dit « gros bisous » et ne raccrochait pas... « Raccroche ! » Lui dis-je. « Non toi raccroche ! » Ce que je fis en lui disant « Gros bisous je t'aime ! » Elle m'a répondu : « Gros bisous ».

Une fois raccroché, je me sentais mieux. Mais ça n'a pas duré. Plus tard ma rancœur est revenue...

J'étais tellement mal en point que je n'arrivais pas à me rappeler de manière précise la teneur de notre conversation...

Ma confiance en elle avait été ébranlée depuis vendredi.

Je pensais toujours sérieusement à une rupture totale...

Je ne savais plus quel jour récent elle m'avait dit : « Je suis assez mal, je suis dans le même état qu'avant mon congé maladie. » Or elle m'avait dit ensuite que ce qui n'allait pas avant son congé maladie, c'était qu'elle était toujours très amoureuse de moi et qu'elle avait du mal à gérer ce sentiment.

Elle était très aimante, très affectueuse. Elle m'a demandé si je n'étais pas fâché... M'a répété qu'elle m'aimait beaucoup. Je lui ai dit que j'étais frustré de ne jamais la voir, de ne rien faire ensemble tous les deux.

Elle me dit : « Tu es adorable toi ! » Mais je me demandais si elle ne le disait pas à d'autres... Puis elle ajouta : « S'il y en a un qui ne mérite pas ça c'est bien toi ! » Ça elle me l'avait dit tellement souvent.

Elle admit qu'elle était parfois très dure. Dans ces moments où elle était dans un état "électrique" elle l'était avec tout le monde me dit-elle. « Mais il n'y a qu'à toi que je demande pardon... » Ça c'était fort !

Elle ne se souvenait plus de ce qu'elle m'avait dit vendredi... Comme toujours.

Elle m'a beaucoup parlé d'elle, de sa dépendance familiale. Elle faisait des progrès. Elle rompait ses chaînes avec ses beau-parents.

Elle avait toujours très peur que je parle de notre liaison à son mari.

« C'est toi qui devrait lui dire ! » Lui dis-je. Elle ne voulait pas le faire. Cela montrait bien qu'elle ne l'aimait pas. Elle lui manquait de respect. Pourquoi respecterait-elle un hamster ?

Peut-être le ferais-je un jour de rage. Quand je lui disais, elle rétorquait qu'elle nierait. Mais ce serait vain, car je détenais des informations qui montreraient inéluctablement à son hamster que je disais vrai... Elle-même en avait trop parlé : à quelqu'un de sa famille, à sa copine.

J'irais même plus loin et lui parlerais de toutes ces « relations » masculines qu'elle avait...

Elle ne pouvait pas s'empêcher d'être méchante. Alors qu'en se quittant je lui dis : « Je

t'aime beaucoup... » Elle a ricané en disant :
« Tu vois on va y arriver... »
Je lui répondis que je l'avais fait exprès, elle le
nia. Elle n'aimait pas que je parle à sa place,
mais elle ne se gênait pas pour le faire !
À la fin elle a de nouveau refusé de raccrocher
me demandant de le faire. C'était trop dur
pour elle de se séparer.
Cette discussion m'a fait du bien, mais je restais très frustré.
Je me demandais toujours si elle était sincère
ou si elle redevenait affectueuse par crainte
que je ne parle à son mari...
Je pensais toujours sérieusement à une rupture totale...
Elle m'a appelé dans l'après-midi pour traiter
de divers dossiers. Ça s'est bien passé
puisqu'on n'était pas libre de paroles on n'a
parlé que boulot... Mais ça m'a fait du bien. Du
coup je me suis fait une petite branlette en
pensant à elle. C'était pas mal, mais j'aurais
nettement préféré en vrai.

Ce matin-là j'étais allé voir si elle ne recevait
personne avant son boulot. Je me suis donc
pointé et au moment où j'arrivai en voiture je
la vis descendre de la sienne. Elle n'a pas fait
attention. Elle emprunta la porte de derrière
ce qui me fit immédiatement faire un film.
Je la suivis de loin et vérifiai que la porte était
restée fermée après son entrée. Ce qui fut le
cas. Je retournai à l'extérieur. Je regardai à

travers les vitres et je la vis toute seule vaquer à diverses occupations.

Je l'attendis à la porte jusqu'à ce qu'elle vienne ouvrir. Quand elle m'aperçut, son visage s'éclaira de bonheur. Je fus agréablement surpris de sa bienveillance. Elle fut extrêmement gentille. On a bien parlé. Je l'ai un peu caressée, prise par la taille, elle m'a embrassé brièvement sur la bouche d'un air attendri. Je la félicitai pour sa coiffure et sa tenue. J'écartai les pans de sa veste pour regarder ses hanches, et en lui caressant la fesse je lui fis remarquer qu'elle avait toujours des vestes assez courtes pour voir la forme de son si joli petit cul... Alors que nous étions debout face à face je lui pris les mains, elle les avait très froides comme toujours, et je les lui réchauffai. Puis elle les tourna et imbriqua nos doigts les uns dans les autres comme elle le faisait parfois, dans ses bons moments. Nous nous regardions tendrement dans les yeux.

Je fis diverses remarques sur son joli décolleté, quand elle se baissait je voyais entre les seins l'attache inférieure du soutien-gorge. Je lui dis en riant : « Tu n'as pas de soutien-gorge qui se déboutonne sur le devant ? » Je tentai une caresse des seins, elle riait, mais m'esquivai. Je lui demandai, mais elle refusa très gentiment...

On a parlé de ma jalousie. Elle me cita une anecdote : comment elle jouait avec son collègue.

Je lui expliquai que ma jalousie tenait au fait que ces gens-là la voyaient tous les jours et que moi je ne la voyais presque jamais... « Mais si ! On va se voir trois fois cette semaine. Ce soir, jeudi et vendredi... »

Je répondis : « Vendredi, bof, je ne suis pas sûr que ça me plaise... » Passer une soirée avec elle et son mari n'était pas une réjouissance...

Puis je lui dis : « Tu t'amuses bien avec ton collègue et puis un jour, comme tu me l'as si souvent dit à propos de notre liaison, tu diras : "Je ne l'ai pas vu venir", parce que j'ai du mal à croire que je suis spécial...

-   Si tu l'es. Ce n'est pas seulement que tu es génial, adorable, impressionnant, il y a autre chose aussi... »

Ce « Il y a autre chose aussi », c'était sa manière ultra pudique de dire qu'elle m'aimait.

J'étais parti anxieux de chez moi et revenu très heureux. Elle était dans sa phase « avec ». La veille je lui avais dit qu'elle était double : qu'elle était dépendante de sa famille et aussi très forte à l'extérieur... Quand elle affirmait son indépendance envers sa famille (ou plutôt celle de son mari) elle allait très bien. Elle était bien d'accord avec moi...

Je n'ai jamais réussi à déterminer la durée du cycle...

Je vais encore une fois tenter de le faire...

Elle m'a dit : « J'aime quand tu n'es pas rasé... » Elle me l'avait souvent dit.

On s'est appelés le matin suite à une course que je suis allé faire dans une administration, puis je l'ai appelée au portable vers 14 heures 30, mais elle était déjà arrivée au boulot. Elle m'a rappelé au fixe et on a parlé trois quarts d'heure. Elle avait une de ces formes !

On allait se voir ce soir. J'espérais que tout allait bien se dérouler.

Quand je ne suis pas entreprenant (sexuellement parlant) elle me le reproche et quand je le suis et que ça aboutit j'en ai pour deux semaines de douleur... Elle ne s'en cache pas d'ailleurs, elle me le dit à chaque fois : « Si je cède, après je suis méchante avec toi. Et je ne veux pas. »

J'ai regardé ce « cycle » s'il y en a un. Il n'y en a pas. Il n'y en a plus...

La semaine dernière elle s'est mise en colère mardi matin suite à mon message qui commentait ses déclarations amoureuses de la veille. En fait elle avait dû inconsciemment s'en vouloir de s'être laissé aller...

Puis cela alla mieux dès mercredi pour s'envenimer de nouveau vendredi quand je lui ai posé des questions sur ses relations avec deux connaissances à elle. Elle a pris cela comme de l'inquisition... Elle s'est montrée alors odieuse. Et l'a regretté ensuite. Mais ça m'avait remonté très fort contre elle... Heureusement qu'on a pu se téléphoner samedi et dimanche et que j'ai pu la voir le matin par un concours heureux de circonstances...

Le soir on a eu une belle réunion qui a fini très tard et on s'est retrouvés finalement dans sa voiture. Je lui réchauffais les mains avec les miennes et elle m'a fait écouter une chanson. C'était très émouvant. Je la voyais dans le clair-obscur du soir à contre-jour et elle était très jolie, en me scrutant du regard pour lire mes sentiments sur mon visage et en souriant de ce sourire qui me fait fondre...

«Laisse-moi t'embrasser», elle m'embrassa sur la joue en appuyant bien les lèvres.

«Ah ! Je sens le bout de ton petit nez !» Appréciai-je. Cela la fit rire que je parle de son «petit» nez...

Merveilleuse soirée.

J'ai du mal à comprendre son mari : sa femme téléphone les soirs plus d'une heure avec un type (moi) et il ne s'inquiète pas...

C'était ce jour-là qu'on avait eu cet échange :

«Cela ne doit pas aller très bien avec ton mari puisque tu as eu une liaison avec moi...

- J'ai pas eu une liaison avec toi parce que cela n'allait pas avec mon mari, mais parce que c'est toi ! »

Elle me demanda pourquoi j'étais revenu sur la lingerie.

Je lui répétais l'explication et lui demandais : pourquoi avait-elle acheté cette lingerie ?

Elle me répondit parce qu'elle se sentait une femme («Grâce à moi !» l'interrompis-je, elle l'admit) et que, depuis, elle l'avait rangée dans un carton et jamais mise depuis.

C'est donc qu'elle ne se sentait plus une femme !

Elle avait acheté cette lingerie le surlendemain de notre dernier moment d'amour passé chez elle le 2 juillet. Elle avait joui 5 fois... C'était vrai qu'elle pouvait se sentir une femme.

Puis elle me dit qu'elle avait jeté plusieurs choses relatives à notre liaison : le cœur de pierre, effacé les bouquets de fleurs numériques, rangé les bijoux que je lui avais achetés et qu'elle ne mettait plus (je l'avais remarqué...) ainsi que les livres !

« J'ai fait ça un samedi ! Euh... non, mercredi soir, le jour où mon mari était au concert... »

Son lapsus sur le samedi était significatif... C'était vrai qu'elle ne pouvait le faire qu'en l'absence de son mari...

Elle avait mis en application ce qu'elle m'avait écrit le 8 juillet :

« *Coucou,*

Voilà, ce sont ces moments-là dont il faut se souvenir. Des moments de rire, de complicité, de paix. Les autres, il faut les ranger au fond d'un placard et les oublier pour toujours. Bisous ».

Déjà, ce jour-là était le lendemain d'un jour où je lui avais fait des descriptions érotiques de nos rapports physiques.

Oui, elle avait fait tout ça suite aux remords qui ont suivi le repas de samedi au cours duquel son mari avait sympathisé avec moi.

J'étais bouleversé. Je lui dis que j'étais blessé. Plus tard, elle me dirait que c'était parce que son mari était malade et qu'il était devenu gentil avec elle « comme avant » qu'elle avait rompu avec moi. Or c'était un mensonge, car elle avait pris sa décision avant !

Le 28 août elle m'avait donné rendez-vous pour des ébats torrides. Elle avait bien joui plusieurs fois, mais elle ne voulait pas aller jusqu'au bout. Et un moment elle me dit :
« J'ai envie de toi !
- Faudrait savoir ce que tu veux, tu ne veux pas et tu me dis que tu as envie de moi ! »
Le lendemain elle partait en vacances avec son mari pour une grande réconciliation.
L'hiver qui avait suivi, elle me reprocha ces paroles. Je lui avais répondu que le reproche n'était pas justifié, car mes paroles étaient justes !
Mais revenons à ce jour. Elle fumait cigarette sur cigarette.
Je posais la question :
« Ce que tu m'as fait le 21 juillet...
- Qu'est-ce que j'ai fait le 21 juillet ? M'interrompit-elle.
- Tu t'en souviens même pas ? Ce que tu m'as dit ce matin...
- Ah ?! oui...
- Ce que tu m'as fait le 21 juillet, pourquoi tu ne m'en as pas parlé avant ?

- Eh bien parce que j'avais déjà été méchante et je ne voulais pas en rajouter...
- P... ! Foutre tous ces souvenirs à la poubelle ! Même mes livres que tu as planqués ! Mais pourquoi mes livres ?
- Parce que je ne veux plus te voir...
- Je suis aussi devenu un pestiféré pour toi !
- Nooonnn... »

Ah ! Voilà un bel aveu. Elle m'aimait encore si fort qu'elle tentait de conjurer le sort en enlevant de chez elle tout ce qui se rapportait à moi...

Elle me demanda :

« Mais qu'est-ce qu'on va faire lundi ?
- Je m'en fous. Je ne sais pas...
- Bon... Si tu t'en fous je téléphonerai à un collègue... »

Elle me balança cela comme une menace. Qu'est-ce que j'en avais à foutre qu'elle l'appelle ?

Je baragouinais une réponse... et j'ajoutais :

« Si tu ne sais pas quoi faire je peux te proposer quelque chose !
- Ah oui quoi ? Me demanda-t-elle naïvement...
- Ben tu ne vois pas ? Répondis-je en riant...
- Ah oui !
- T'es naïve...
- Oui c'est vrai je suis naïve... »

Sonia m'a beaucoup parlé de sa crainte de se voir plongée dans une assistance médicale pour son mari comme elle l'avait fait pour sa mère.

«Tire les leçons des expériences que tu as eues pour ne pas y retomber ! » Insistai-je.

Puis elle a dit plusieurs fois : «Si il ne veut pas se soigner eh bien qu'il crève ! »

Elle semblait regretter d'avoir fait ce qu'elle avait fait le 21 juillet «C'est fait, c'est fait ! On peut pas y revenir. »

Elle a bien évolué au fil de la conversation. À la fin, elle a adopté une attitude correcte face à son mari.

«Animal de compagnie... »

«Si c'est comme ça, il n'a qu'à prendre un chien ! Mais un chien ne lui fera pas le ménage. »

C'est ce qu'elle avait dit à sa belle-mère !

Elle s'est libérée de sa belle-famille.

Une fois de plus Sonia se plaignit de son mari. Elle ne le plaignait pas lui, mais elle se plaignait elle de devoir tirer ce boulet...

«Un hybride de gamin de 4 ans et de vieux de 80 ans ! »

Elle attendait avec anxiété le résultat de l'examen médical de son mari qui aurait lieu l'après-midi.

Moi aussi. Car si ce con était gravement malade elle se croirait obligée de se consacrer entièrement à lui. Elle allait complètement disparaître de la circulation par culpabilité de sa liaison avec moi.

Et elle a dit :

« Il faut que je te dise quelque chose. Hier soir j'ai pensé à plein de choses. Je ne sais pas comment te le dire... J'ai pensé que tu m'aimes précisément comme j'ai toujours voulu qu'on m'aime. Tu m'aimes pour moi, avec tant de prévenance. »

Puis plus tard, elle s'est exclamée, comme à chaque fois qu'elle laissait son amour percer :

« Tu es adorable toi ! »

Je lui ai une fois de plus donné mon opinion sur son hamster de mari. Je sais, ce n'était pas le moment, mais elle m'avait dit qu'elle l'aimait. Ce que je trouvais impossible. Comment une femme comme elle pouvait-elle aimer ce gros tas ?

D'ailleurs elle ne m'a pas expliqué ni le pourquoi ni le comment. Simplement que si elle est restée avec lui après tout ce qu'il lui en a fait baver c'est « qu'il y a quelque chose »...

Tu parles d'un argument.

Hier elle disait pire que pendre sur lui et aujourd'hui le contraire. Son cycle ne durait plus qu'un jour !

Comment alors a-t-elle eu cette liaison avec moi et ne pouvait-elle pas se débarrasser de moi dans sa tête ?

« Quand tu me disais que tu m'aimais, tu me mentais alors ? Ou tu me mentais à ce mo-

ment-là ou tu me mens maintenant ! argu-
mentai-je.
- Ça fait longtemps que je ne te l'ai pas
  dit...
- Tu me l'as dit encore il n'y a pas longtemps. Tu vois tu ne t'en rappelles
  même plus ! »
Elle n'a pas su quoi répondre sauf que je
l'angoissais.
« Alors au début de notre liaison tu ne l'aimais
plus ton mari !
- Oui sans doute... »
Je lui ai même dit que ce type ne l'a jamais
rendue heureuse. Elle ne démentit pas.
Elle m'a dit qu'elle n'aimait pas quand je don-
nais mon opinion sur son hamster. Je m'en
foutais. Enfin c'était surtout l'opinion que
j'avais sur lui qu'elle n'aimait pas. Cela rejail-
lissait sur elle.

Elle s'inquiétait que je n'appelais pas.
Je la trouvais très bien, elle gérait bien cette
situation difficile. Elle ne se sentait pas responsable, voire coupable de tout ce qui arrivait à sa limace de mari, sans pour autant le
laisser tomber ce qui n'aurait pas été décent
dans ces circonstances.
À la fin, comme je me réjouissais de la voir
bien dans des circonstances difficiles, elle me
répondit :
« Je vais peut-être dire quelque chose de mé-
chant, mais je suis contente d'avoir eu raison ! » Elle voulait dire qu'elle avait eu raison

de penser que son mari recueillait ce qu'il avait semé ! Et sous-entendu, qu'elle avait eu raison d'avoir cette liaison avec moi...

Elle me dit également du mal de son mari. Qu'elle avait eu une conversation avec une amie qui lui avait montré qu'elle avait compris l'enfer qu'avait été la vie avec son mari...

Je lui dis que je la trouvais très bien. Elle confirma qu'elle avait fait des progrès. Qu'elle avait bien évolué, qu'elle n'aurait pas appréhendé les choses comme ça auparavant.

Que son psychanalyste lui avait dit qu'elle était dans une phase de « reconstruction »...

« La maison est toute brûlée, et il faut tout reconstruire », dit-elle.

Voilà enfin qu'elle me parlait de la conversation qu'elle avait eue avec ce psychologue ce 1er juillet. Elle n'avait alors jamais voulu répondre à mes questions...

Ces jours où son mari était « loin » elle m'avait beaucoup dit sur elle. Je croyais tout savoir, mais j'en ai encore appris !

Je me disais en mon for intérieur que j'y étais pour quelque chose dans cette « reconstruction »...

Hélas je n'étais pas sûr que cette reconstruction soit en ma faveur...

Puis elle m'a dit à quel point cela la rasserénait de parler avec moi.

« Parce que tu ne te soucies que de moi... » Précisa-t-elle.

Elle m'assura qu'elle aurait la même attitude avec moi si j'étais dans un cas semblable à elle. J'en doutais un peu... mais n'était-ce pas ma paranoïa qui parlait ?

« Auparavant, j'aurais culpabilisé qu'on se téléphone deux fois par jour alors que mon mari est à l'hôpital... Si les gens le savaient, ils trouveraient ça drôle, ils n'approuveraient pas... »

Elle ajouta qu'on avait une amitié particulière. Qu'on ne pouvait pas la faire connaître au grand jour. Que sans doute il y avait d'autres gens comme nous. Par « particulière », elle devait entendre « amoureuse » et ça, elle ne voulait pas le dire. J'en aurais d'ailleurs la confirmation quelques instants plus tard en analysant la réaction qu'elle aurait...

Elle m'a de nouveau parlé de notre amitié. Mais je n'aimais pas cette conversation en ce moment.

De cette amitié il n'y avait qu'elle qui en profitait. Moi je n'étais là que pour la servir. Tout cela me lassait un peu. Elle refusait que je lui dise « je t'aime ». « En ce moment. » Avait-elle précisé.

« Tu décides toi de ce que j'ai le droit et pas le droit de dire ? » Rétorquai-je.

Je ne me suis pas privé de lui dire plusieurs fois.

Parfois, elle m'interdisait de lui dire « ma chérie ». Je n'ai jamais cessé de lui dire.

Rien de nouveau sous le ciel de sa culpabilisation.

Un moment, après une remarque de ma part, elle me dit : « Mon mari n'est pas un abruti ! » Puis elle me fit divers commentaires sur lui et je lui dis alors : « Eh bien tout ce que tu me dis-là me confirme que c'est un abruti...

Je devais prendre soin d'elle : Sonia était très perturbée, car elle était mariée. Pour une fille qui culpabilisait pour un oui ou pour un non, ce n'était pas facile à gérer...

Elle avait quand même fini par laisser tomber son mari[7].
[Sans doute que Keziah n'était pas étrangère à ça...]

---

[7] Voir « Cthulhu dégage »

Alice 2

Alice revenait de la partie de pêche. Elle pensait à la petite et sale bestiole sortie du ventre du brochet... Pas rassurant !
Lovecraft aurait peut-être une explication...
Le ciel était bas et gris. De gros nuages noirs roulaient dans cette grisaille. Des éclairs les éclairaient, mais on n'entendait pas le tonnerre. La jeune femme regardait tout cela avec inquiétude.
Une fois arrivée chez Lovecraft, dans la cité des étoiles, elle alla droit au but, et lui raconta la découverte du petit monstre dans le ventre du brochet. L'écrivain réagit immédiatement...
« Vous avez assisté à un accouchement ! Tout cela n'est pas une coïncidence, mais un avertissement. Pourquoi Jean est-il allé à la pêche ?

- Il aime la pêche, et je crois qu'il a dit qu'il espérait quelque chose. Il a senti comme une obligation d'y aller, une poussée... Oui, c'est ça, quelque chose l'y a poussé !
- Bien ! Et cette petite bestiole n'est pas une petite bestiole... Elle va grandir. C'est le début du développement d'un grand danger !
- Comment ça ?
- Eh bien, tu as lu la nouvelle *Lettre à Ralsa Marsh* ?
- Non...

- Lis-la ! C'est l'histoire d'un jeune homme perdu qui s'installe dans une maison abandonnée à la campagne. Il défriche la maison, et il découvre une nichée de renardeaux... Des chasseurs de renards, ces gens de la campagne qui détestent les renards qui rentrent dans leurs poulaillers et massacrent les poules, lui demandent un jour si, par hasard, il n'avait pas vu des renards par là. Il leur répond que oui. Alors le gars lui dit : « Vous voulez qu'on vous en débarrasse ? » Il accepte. Mais il ne connaissait pas les méthodes cruelles de ces gens... Voici la description de ce massacre par l'intéressé lui-même. »

Un type d'un certain âge assez aimable me parla avec un fort accent du coin :
- Bonjour ! Je vois que vous venez de vous installer. J'espère que je ne vous dérange pas ?
- Euh... non... Au contraire. J'ai plaisir à pouvoir parler avec quelqu'un. Je ne vous fais pas entrer, je viens juste d'arriver et la maison est absolument en désordre...
- Oui, merci, pas de problème...
Puis le type resta un moment silencieux. Il semblait réfléchir à ce qu'il allait dire...
- Ça va ? Vous allez vous en sortir ? Il y a beaucoup de travail !

- Oui, c'est pas ce qui manque, j'en ai pour un moment. Mais, ce qui est beau ici c'est la nature sauvage...
- La nature sauvage ?

Et son regard se fit fuyant...

- Oui... répondis-je. Hier soir j'ai vu trois renardeaux gambader au fond du jardin...

Et là son regard se fit insistant, perçant même quand il me déclara :

- Trois renardeaux ? Oui, j'ai vu leurs coulées[8] en passant sur le pré d'à côté. Vous voulez que je vous en débarrasse ?

Je ne sais pas ce qui m'a pris, mais soudain, j'ai répondu : « oui ! » Et le gars se réjouissant d'ajouter : « Ne bougez pas, j'arrive avec des copains et du matériel... » Il tourna les talons et monta dans son quatre-quatre garé sur le chemin sous les hauts chênes.

Environ une demi-heure plus tard, deux véhicules se garèrent sur le chemin et plusieurs personnes en descendirent avec moult claquements de portières et aboiements de chiens. Mon visiteur arrivait avec un chien noir qui le suivait en aboyant ("de peur" expliquerait plus tard son maître...) accompagné de deux autres hommes en tenue de chasseur et deux fox-terriers qui aboyaient également. La

---

[8] Les animaux tassent l'herbe (ou écartent la végétation en général) en passant régulièrement au même endroit ce qui produit une trace de leur passage appelée "coulée".

gent canine semblait très excitée. Les hommes portaient sur leur épaule tout un attirail : pelles, pioches, débroussailleuses à main et de grosses pinces métalliques très longues. Le plus âgé se contentait d'une tronçonneuse. Cette expédition me fit immédiatement penser à celle des tueurs de vampires dans le film *Vampires* de John Carpenter...[9]

- Bonjour monsieur ! C'est où ? Me demanda le vieux.

- Venez je vous conduis, leur répondis-je.

Je les dirigeai vers le fond du jardin, vers l'endroit où j'avais aperçu les renardeaux.

Cet espace, en bordure du pré qui entourait ma propriété et qui était en exploitation (le propriétaire y cultivait du fourrage, et l'herbe commençait à être haute...) comprenait une partie en herbes le long de la limite, partie assez étroite encore épargnée par les ronces et les aubépines qui exposaient leurs magnifiques fleurs blanches en grappes. On avait donc de la place pour faire tenir tout ce beau monde. Immédiatement arrivé, le vieux se disputa avec le plus jeune. Je compris vite qu'il s'agissait du fils et de son père et que ce dernier n'acceptait pas de se voir voler son statut de chef de meute. Néanmoins, c'était bien lui le spécialiste et il repéra immédiatement les débouchés des terriers. Il s'appliqua

---

[9] 1997

immédiatement à abattre une aubépine arbustive alors que son fils débroussaillait les ronces pour dégager l'entrée du tunnel. Ils finirent par dégager l'entrée d'un tunnel. Le jeune me désigna du doigt une autre entrée et m'ordonna :

- M'sieur ! Pouvez boucher c't'entrée ?

- Oui, je vais utiliser un sac.

Mon visiteur, toujours préoccupé par l'état peureux de son chien, me tendit un sac. Je le posais sur le trou et le tins appliqué en posant le pied dessus.

- C'est une entrée ? demandais-je pour me rendre intéressant.

- Non. M'sieur. C'est une bouche d'aération...

Les deux fox-terriers aboyaient toujours. Enfin je suppose que c'était des fox-terriers, car je connais peu les races de chiens. De petits chiens courts sur patte, très musclés à la gueule longe et effilée et la queue très courte. Je verrai plus tard que cette queue servirait de "poignée" au propriétaire du chien !

Donc, après une demi-heure de prospection et de débroussaillage, le jeune commença à creuser avec une pioche et un autre évacuait la terre... Un moment passa et il s'exclama : «Voilà je crois que c'est là !» Il appela son chien et le fit entrer dans le tunnel ainsi bien dégagé. Le chien entra tout excité et ne sortait plus. Il aboyait à l'intérieur. Plus tard je compris que la galerie emmenait à une chambre située sous le tronc d'une aubépine, ses racines faisant office de structure de soutien. Les trois petits renardeaux logeaient là !

Le chasseur ordonna au chien de sortir, mais le chien n'obéit pas. « Ils sont là, s'exclamait le jeune homme, ils sont là ! »

J'étais plein d'admiration pour l'habileté et la connaissance des modes de vie des renards dont faisaient preuve ces hommes.

Il tira le chien par la queue et le sortit du terrier. Il saisit les grandes pinces métalliques, les introduisit jusqu'au fond, ses mains disparaissant quasiment sous terre. Il se tenait accroupi dans le trou qu'il avait creusé. Il farfouilla un moment et retira les pinces dont les mâchoires tenaient un petit renard les babines retroussées montrant ses dents pointues et qui émettait un chuintement mêlant terreur et colère. Le chasseur fut gêné dans ses mouvements et au moment où il se retournait pour poser sa pince tout en maintenant le renard emprisonné cruellement dans cet étau, il appela son père à la rescousse. Mais celui-ci était occupé dans la broussaille à côté en piochant à droite et à gauche tout en marmonnant : « Ça sent la charogne ! Y doit y en avoir un encore ici... » Du coup le renardeau lui échappa. Le pauvre petit tenta de fuir vers le pré contigu poursuivi par le chien noir. Le jeune homme gueulait : « Attention ! attention ! y s'tire ! Putain ! On va le rater. » Mais, hélas pour le renard, le vieux était réapparu et frappa la bestiole à la tête et la tua sur le coup.

Le fox tira les deux autres petits du terrier et leur mort fut cruelle, surtout pour l'un d'eux, que le vieux tenait d'une main et qu'il tentait de tuer en lui assénant un coup de pelle sur la tête, mais il le ratait et tapait sur le museau. Une horreur. À la fin trois petits cadavres qui saignaient, qui de la bouche, qui des oreilles ou du nez, étaient allongés dans l'herbe. Les chasseurs les fourrèrent dans un sac de jute, mon visiteur en demanda un au vieux « pour montrer à son neveu... » Le vieux enfouit une main dans le sac et en sortit le petit cadavre sans doute encore chaud. Ils remirent le terrain en état, enfin, en gros.

Ensuite j'ai eu une conversation avec ces gens. Ils n'aiment pas les renards. Les renards mangent les poules. Eux ils n'ont pas de poulailler, mais ils défendent les poules. Pire même, cette chasse par déterrage, c'est leur passion ! Et ça se voit : ils sont de véritables experts. Parfois, m'ont-ils dit, ils creusent plusieurs mètres de profondeur, pour des terriers profonds... Et ils ont l'outillage. Ils sont repartis assez satisfaits d'eux-mêmes et moi je suis resté là abasourdi. Pourquoi j'avais dit « oui ! » ??? Je croyais qu'ils allaient les prendre et les mettre ailleurs ces petits renards si mignons... Quel naïf !

« Voilà ! » Conclut Lovecraft.
« Mais quel rapport avec notre histoire ?
      - Le rapport est simple : la renarde allait se venger en s'alliant avec une enti-

té venue des profondeurs que le jeune homme allait libérer. Voici comment. »

Comme j'avais fait des rêves d'eau, je décidai de commencer ma journée par un nettoyage du puits. Je fis le tour de la maison pour rejoindre l'appentis situé à l'arrière et dont le toit à faible pente couvert de tuiles était effondré à un endroit. J'y retrouvai mon seau. L'anse semblait solide. Il était percé à plusieurs endroits, mais cela m'arrangeait, car je voulais l'utiliser pour recueillir les solides flottant dans le puits et non pas de l'eau. Je retournais devant la maison et m'approchais du puits. Je fixai le seau au crochet avec un ergot de sécurité ce qui rendait impossible la perte du seau et commençait mon travail de nettoyage. Je remontais des morceaux de bois, deux bidons vides, et une boîte en métal fermée solidement. Je rangeais ces objets au pied de la margelle. Une fois cette corvée terminée je décidai d'un endroit où stocker mes déchets et j'y emmenai tous ces débris. Une fois sur place, j'eus soudain l'idée d'ouvrir la boîte. C'était une boîte genre boîte à biscuits, mais liée avec du fort fil de fer afin qu'elle ne puisse pas s'ouvrir. Elle me résista un peu, car elle était rouillée, mais je réussis à l'ouvrir. Elle était quasiment vide. Seuls les restes d'un petit animal, genre grenouille ou plutôt un poisson avec pattes et bras, s'y trouvait allongé. Soudain envahi par une angoisse surprenante, je posais la boîte sur le sol et m'accroupis pour observer la "chose".

Elle semblait inerte et soudain je crus voir comme un mouvement, une espèce de tremblotement, comme quand l'image d'un film tressaute parce que la pellicule a sauté dans l'appareil de projection... Puis, le petit animal se redressa en une fraction de seconde, sauta hors de la boîte et disparut dans les ronces. Je restais là accroupi, rempli de sentiments contradictoires : heureux de voir disparaître cette "chose" qui semblait être restée enfermée depuis très longtemps, mais terrifié à l'idée de ce que pourrait être sa nature qui lui a permis de rester en vie dans de telles conditions... Moi qui me flatte d'être un naturaliste amateur éclairé, j'étais incapable de me prononcer sur la nature de cette "chose" qui resta répugnante à jamais dans mon souvenir.

« Alors, qu'en penses-tu ?

    - Oui ! La description est la même que celle de la bestiole que nous venons de voir sortir du ventre d'un brochet...

    - Ben oui... Et cette bestiole comme tu dis, dans cette campagne va venger la renarde... Mais cela c'est leur histoire, pas la nôtre. Attendons-nous au pire. Il faut réunir d'urgence l'état-major de crise !

    - Oui, mais avant je voudrais parler au Drac. Il sait sûrement quelque chose ! Peux-tu m'arranger un rendez-vous ?

- Je le fais de suite ! »

Le haut-parleur resta un moment silencieux. Puis il parla de nouveau.

« Je viens de le contacter ! Il est OK. Il t'attend de suite à l'endroit habituel...

- Bon Dieu, Howard ! Mais comment fais-tu ?

- Tu me permettras de garder mes petits secrets, c'est ce qui fait le charme de la vie...

- OK OK ! Ça va... J'y vais... »

Elle quitta immédiatement l'appartement d'HPL et se rendit au bord du Rhône. Le ciel était toujours terrifiant... Les hommes étaient-ils restés au bord du Rhône ? Elle allait vite le savoir, car elle devait passer non loin de l'endroit où ils pêchaient.

Effectivement, ils étaient toujours là. Fascinés ; ils regardaient les éclairs frapper la surface de l'eau projetant des jets d'eau, un mélange d'eau et d'arcs électriques. Tout cela dans le plus parfait silence.

« Eh ? Papa ! Garand ! Qu'est-ce que vous faites là. Ne restez pas là c'est dangereux ! »

Ils se retournèrent hagards, les yeux glauques, secouèrent la tête et se réveillèrent.

« Tu as raison on arrive ! »

Jean rassembla son matériel de pêche et ils empruntèrent l'escalier pour monter en haut de la digue et atteindre la route...

« Alors, as-tu eu ton rendez-vous avec le Drac ?

- Oui et Howard m'a donné des informations sur la bestiole qui est sortie du ventre du brochet... C'est un Profond, ou un shoggoth. Il va sans doute repartir pour aller chercher les siens dans un gouffre de l'océan, je ne sais pas, et investir Espérance pour en faire une base de départ... C'est ce que je crois, mais je vais voir ce que va dire le Drac... La situation est grave.
- Tu veux que je t'accompagne ?
- Non, papa, c'est interdit. Si je suis accompagnée, le Drac ne viendra pas...
- OK. Nous on retourne chez HPL. Tu nous tiendras au courant... »

La fille aux yeux verts repartit en courant. Jean, lui, songea qu'il lui fallait avertir Véronique et, sans doute, qu'elle allait les rejoindre, même s'il essayait de l'en dissuader...

Le Drac l'attendait en haut de l'escalier à la poupée, cet escalier qui descendait dans le fleuve. Pourquoi avait-il été construit ? Elle ne le savait pas. Mais on ne pouvait pas tout savoir, non ?

« Bonjour ! » Lança-t-elle. Le Drac avait pris la forme du beau jeune homme. Il avait caché ses nageoires, sa chevelure d'algues et son teint blafard. Là, il était très beau, très attirant. Dieu seul sait combien de femmes il avait ainsi attirées au fond du fleuve...

« Bonjour ! Qu'est-ce qui t'amène Alice ?

- Ah ! Drac, ne faites pas l'innocent, vous savez bien ce qui se passe chez vous, dans les abîmes du fleuve...
- Oh, oui certainement, mais je ne suis pas là pour te le dire...
- Pouvez-vous m'emmener au puits ? »
Il hésita un bref instant.
« Non ! » Répondit-il catégoriquement...
« Pourquoi ?

- J'aimerais bien le faire. Mais la présence de certaines entités m'en empêche. Je ne peux pas leur donner l'occasion de découvrir cette possibilité de voyager entre les univers... C'est trop dangereux, je ne peux pas prendre ce risque... Il y a une conjonction des astres. Différente de celle de la dernière fois.[10]

- C'est-à-dire ?

- Il y a un déferlement d'énergie sexuelle, un défoulement. La sorcière Keziah a investi mon domaine...

- Ah et vous n'avez rien fait ?

- Je ne peux rien faire. Je suis moi-même émetteur d'énergie sexuelle et donc emprisonné comme dans le filet de cette énergie ! Je suis assez fort pour rester libre, mais je ne peux rien empêcher !

- Ah donc, j'imagine que Shub-Niggurath a été invoqué et sollicité ?

---

[10] Voir « Cthulhu dégage... »

- Ah oui ! Je ne voulais pas te le dire ! Mais bon, c'est l'évidence même : le Bouc aux mille chevreaux !

- Bon, alors soyons clair : je peux compter sur vous quand même ?

- Oui, je ne peux pas laisser mon domaine à d'autres. Je suis évidemment intéressé comme vous de dégager toutes ces infâmes entités.

- OK très bien, je vous solliciterai donc. Je vous laisse, soyez prudent, vous serez contacté par HPL ! »

De furno fixatorio uel Athannor.   Caput VIII.

Flat furnus fixatorius ad modum furni calcinationis, & fit patella profunda terrea plena cineribus cribellatis. Sit autem uas cum materia fixanda bene figillatum in medio cinerum fituata, fic quod fpiffitudo cinerum fubtus & fuperius & in circuitu fit ad fpiffitudinem quatuor digitorum, uel

secundum

Ralsa Marsh

Là-bas, au fond du fleuve, Keziah avait invoqué Shub-Niggurath, et, grâce à l'énergie de
tous ces jeunes réunis immobiles, rangés
comme l'armée de terre cuite de Quin, elle
était en train de réussir.
Tous les ingrédients étaient réunis.
Elle avait à côté d'elle une espèce de grenouille, ou un poisson sans branchies, un mélange de toutes les horreurs que la Nature ne
dévoilait jamais.
Le brochet croyait avoir avalé un mets de
choix, mais en réalité il avait juste emmené la
créature pour la transporter là où elle voulait
être. Il n'était que le moyen de transport.
Elle se déplaça et sortit de l'eau accompagnée
de Brown Jenkin et du monstre.
Une fois sur la berge, alors que le ciel était si
nuageux qu'il faisait presque nuit, la scène
était seulement éclairée par les éclairs silencieux... À Espérance, tout le monde se terrait
dans les appartements, volets fermés. C'était
l'apocalypse !
Keziah, dans l'eau, était Keziah la petite
vieille, mais une fois hors de l'eau, elle était
Sonia.
Elle prononça les rites et produisit les signes,
combinant les métriques de divers espace-
temps (ce que Lovecraft appelait les
« angles ») pour faire entrer dans notre univers la créature qui l'accompagnait et qui

n'était pas tout à fait sortie du sien et pas tout à fait entrée dans le nôtre.

« Ralsa Marsh est sans doute le plus repoussant de la famille », avait écrit une cousine Wathelay…

Et cela se confirmait si on trouvait le courage de regarder le « compagnon » de Sonia la sorcière !

Le trio composé de Sonia, Brown Jenkin et Ralsa Marsh, cette fois bien implanté dans notre univers, se dirigeait vers l'appartement de Sonia et Wilcox. Ce dernier l'attendait… Le malheureux…

Arrivée en bas de l'immeuble, elle sonna à l'interphone. Henry répondit, elle s'annonça, il s'étonna qu'elle n'eût pas la clé… Elle ne se rappelait plus vraiment qu'elle était Sonia…

Il déclencha l'ouverture de la porte. Le trio issu de l'enfer monta à l'étage à pieds, pas assez de place dans l'ascenseur pour Ralsa…

Ils pénétrèrent dans l'appartement, Sonia la première, suivie de Brown Jenkin, et une masse gélatineuse et puante boucha soudain la porte d'entrée. Ralsa avait grossi !

Henry hurla quand le monstre gélatineux parvint à s'introduire dans son living room. Son hurlement ne dura que le temps très court qu'il fallut au monstre pour le déchiqueter, le dévorer, l'avaler tout cru en levant la tête pour que le corps entier en morceaux de la pauvre victime puisse passer dans sa gorge ignoble… Enfin, si on pouvait parler de tête…

Ce qui était sûr c'est qu'il y avait une bouche... Au moins une.

Et Ralsa grossit encore...

Il poussait des grognements incohérents.

« Ralsa ! Tais-toi ! Apprends à Parler ! Allez, essaie, réponds-moi : 'oui' ! »

Un gargouillement se fit entendre et une odeur infecte sortit de la bouche de Ralsa.

« OU-UI... » Articula-t-il...

« C'est bien, Ralsa, tu vas faire des progrès ! »

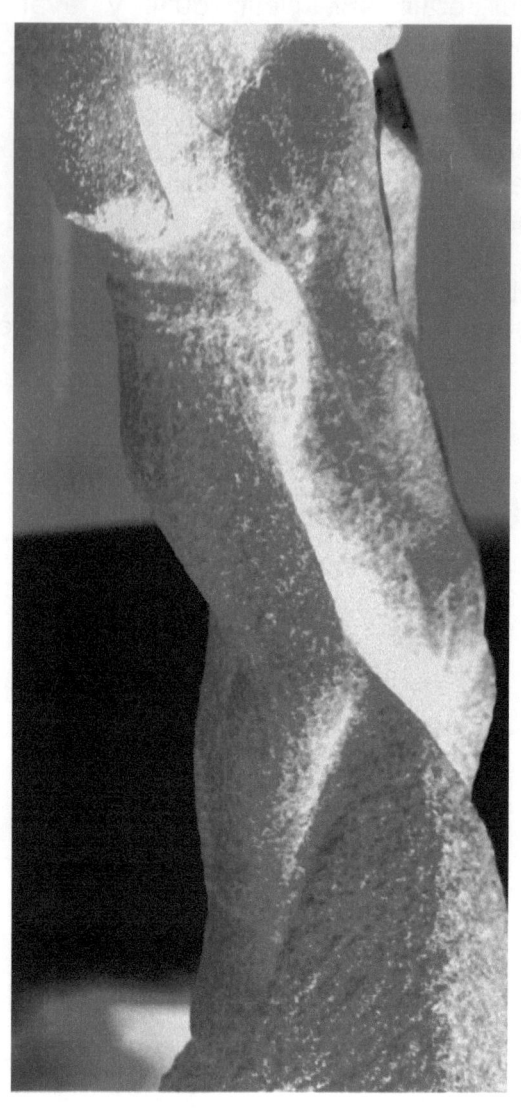

Hôpital de jour

À Espérance on voit déambuler des gens pas très nets.

Tous les matins, la plupart du temps les jours de marché, une femme d'un certain âge, habillée à la mode kabyle, son gros ventre en avant, son foulard sur la tête, elle porte un joli sac qui semble vide et interpelle tout le monde avec une voix criarde qui porte loin... Elle déambule tranquillement, d'un pas régulier, lent et sûr, qui contraste avec ses éructations bruyantes.
Personne ne l'interpelle, personne ne la regarde, tout le monde fait semblant de ne pas la voir...

Ahmed marche toujours d'un pas décidé. Autrefois, il a été arrêté plusieurs fois pour avoir agressé une passante. La victime était toujours une femme. L'adjoint au maire de service devait aller au commissariat pour signer un arrêté d'Internement pour la sécurité publique. En général ça se passait la nuit...
Maintenant il va mieux, les psychiatres ont dû lui trouver un bon traitement. Parfois il soliloque en marchant : « Je ne prends plus mes médicaments, je ne suis pas fou ! » Ou alors il interpelle un homme qu'il voit souvent :

« Monsieur, monsieur... l'islam est une religion, non ?

- Oui Ahmed...
- Une religion, ce n'est pas obligatoire hein ?
- Non, bien sûr...
- Pourtant mon frère Ali veut absolument que je sois croyant... »

Effectivement, cette personne à qui il s'adressait, l'avait vu fuir son frère Ali en marmonnant : « je ne crois pas en Dieu » !

Une autre fois, il avait demandé : « Ce n'est pas obligatoire de croire en Dieu ? »

Ou également : « On n'est pas obligé de se marier ?

- Non...
- Alors je ne me marierai pas (il avait plus de cinquante ans...), je finirai mes jours sans avoir d'enfant... »

Ali, son frère, avait eu des ennuis. Alors qu'un de ses frère avait été arrêté, il était allé au commissariat, très énervé, et s'était montré très violent. Il avait cassé le nez d'un flic d'un coup de poing. Il a été poursuivi suite à la plainte du policer, et condamné à quatre mois de prison avec sursis. Ce qui n'est pas cher payé pour avoir cassé le nez d'un agent de police judiciaire.

Un jour, un « éducateur de prévention » est venu voir l'adjoint au maire ci-dessus, pour lui expliquer qu'Ali avait été condamné à quatre mois de prison avec sursis ou six mois de travaux d'intérêt général. Il a donc demandé à l'adjoint d'embaucher Ali pour six mois à la mairie pour des travaux d'intérêt général, sachant que, comme c'était une peine judiciaire, il ne serait pas payé. Mais l'adjoint a refusé avec indignation, car, dit-il : « Vous vous rendez compte que les gens vont voir ce personnage travailler à la mairie alors qu'il a cassé le nez d'un policier ? » Évidemment, le charmant éducateur de prévention est allé prévenir le condamné du refus de l'adjoint qui vécut un enfer : Ahmed, à chaque fois qu'il le croisait, le fusillait du regard, et après l'avoir dépassé lui criait : « Sale juif ! » ou également : « à chaque fois que je te vois je te tue… » et bien d'autres gentillesses aussi…

La mère de ces deux personnages était allée voir le maire pour l'engueuler parce que son locataire ne payait pas le loyer. Elle exigeait que la mairie paie le loyer à sa place.

Une autre fois, un homme assez âgé, stationnait sur le trottoir en face du pont suspendu, attendant que le feu piéton passe au vert, quand arrive un très jeune adolescent en vélo qui lui dit tout de go : « Vous ne pouvez pas rester ici !

      - Ah bon ? Pourquoi ? »

Le vieux avait entendu, juste avant, gueuler très fort : les cris provenaient d'une fenêtre d'un appartement en soupente d'un immeuble situé derrière lui…

Le jeune garçon, lui dit carrément :

« C'est lui là-haut, il est malade, il croit que vous voulez le cambrioler...

    - Mais je ne veux cambrioler personne, je veux juste que le feu passe au vert pour traverser ! »

L'affaire aurait pu en reste là, mais comme d'habitude avec ce genre de personnage, elle s'envenime. Le garçon s'énerve (sans doute sous la pression du fou) et exagère de suite ses exigences alors que le vieux traverse la route, le feu étant passé au vert. Il le suit en l'insultant. Le vieux s'énerve, ne répond, mais ne fait aucun geste violent.

L'affaire s'est réglée, mais avant, le vieux a récupéré au bord du fleuve un gros bâton et a vu arriver le garçon à pied, il l'avait poursuivi jusque-là. Avec l'insulte à la bouche, employant de mots grossiers. Mais au vu du bâton, il ne s'est pas trop approché...

Plus tard, le vieux a croisé le fou qui se balade toujours avec une radio tonitruante. Chacun était sur un trottoir différent. Le fou s'était dégradé depuis les années qu'il déambulait dans Espérance. La peau de son visage était noire, car il ne devait jamais se laver. Il héla le vieux en le menaçant du doigt : « C'est vous qui voulez me voler ma maison ! » Le vieux, ne voulant pas d'ennuis, lui fit « non » en agitant son index levé, et le fou tourna les talons et s'éloigna de sa démarche sautillante...

Ce jour-là, jour de tempête au ciel noir, tous les fous d'Espérance se regroupèrent autour du commissariat de police... Ils se rassemblèrent là en poussant des cris, des beuglements, en sautillant, secouant leurs bras, levant la jambe, tourbillonnant.

Là-bas, au bord du fleuve, un groupe important de jeunes sortait de l'eau. Ils escaladaient habilement les enrochements et atteignaient la berge, ruisselants, le regard fixe et, une fois tous réunis, se déplacèrent en groupe compact.
Ils se dirigeaient vers le commissariat.
À l'intérieur de l'établissement, le commandant de police avertit Garand...

Alice 3

La belle jeune femme aux yeux verts se rendait à pas forcés chez Sonia et Henry.

Elle se retenait de courir. Elle était affolée.

Lorsqu'elle arriva aux pieds de l'immeuble, elle comprit de suite qu'il s'était passé quelque chose. L'atmosphère n'était pas à l'apaisement. Une odeur épouvantable envahissait l'entrée de l'immeuble qui était restée ouverte, la porte d'entrée à moitié arrachée. Le choix se présentait à elle : prendre l'ascenseur ou monter les escaliers... Emprunter les escaliers lui semblait plus dangereux, elle choisit l'ascenseur. L'attente, pourtant courte, lui parut interminable. Lorsque les portes de la cabine s'ouvrirent, elle entendit un bruit dans l'escalier, une espèce de glou-glou gélatineux... Et la voix de Sonia, pas très discrète : « Ralsa, putain ! Avance, allonge ton corps pour passer l'escalier, t'as pas encore digéré Henry, y prend trod'place ? »

Alice s'empressa d'appuyer sur un numéro d'étage, sans même regarder sur la plaque collée à la paroi qui indiquait les étages des habitants de l'immeuble.

« Ralsa ? » soliloqua-t-elle... « Ça me dit quelque chose... Ah oui ! Un personnage secondaire du court roman *La Chambre condamnée*... »

Une fois l'ascenseur arrivé à sa destination, elle sortit dans le couloir. Elle avait un étage à descendre selon l'indication de la plaque des

167

habitants de l'immeuble. Personne ne semblait alerté par ce qui avait dû se passer dans l'appartement de Wilcox... Sans doute que cette horreur avait englouti sa victime sans tonitruer... Les escaliers qu'elle emprunta étaient donc déserts. Il était plus sûr de prendre les escaliers en descendant qu'en montant.

C'est l'odeur qui l'amena à penser qu'elle se trouvait à l'étage de Wilcox. En effet, elle trouva la porte arrachée, ainsi que son cadre en bois, mais personne à l'intérieur, à part une espèce de glaire visqueuse qui traînait sur le sol. Elle ne la toucha pas. Elle pensa faire un prélèvement, mais elle n'aurait jamais le temps de le faire analyser.

Sa décision fut prise de retourner voir Lovecraft.

Elle emprunta de nouveau l'escalier pour descendre. Dehors, le ciel était toujours bas et noir. Les éclairs silencieux zébraient le ciel...

Sa montre lui indiqua qu'il ferait bientôt nuit...
Il ne lui fallut que dix minutes pour atteindre le centre-ville et se retrouver chez Lovecraft.
Jean l'y attendait.
Sans attendre, elle posa ses questions à HPL :
« Re-salut Howard. Je viens de voir une scène, ou plutôt les conséquences d'une scène terrifiante. Je crois que Wilcox est mort, dévoré par un monstre que Sonia appelle Ralsa...

    - Pourquoi le crois-tu, tu n'en es pas sûre ?

- Oui, je n'en suis pas sûre, car j'ai retrouvé l'appartement avec la porte arrachée, plus de Wilcox, avec une espèce de glaire d'escargot géant sur le sol...

- Hum... Continue.

- Eh bien, j'ai entendu Sonia interpeller un certain Ralsa dans l'escalier quand ils s'en allaient...

- Oui, je vois... Il s'agit sans doute de Ralsa Marsh. Les Marsh composaient une famille d'armateurs qui faisait du commerce dans le monde entier avec leurs bateaux. C'est ce que je raconte dans *Le Cauchemar d'Innsmouth*... Mais ce Ralsa, est dans un autre roman qui se nomme *La Chambre condamnée*. Un roman défini par certains comme faisant partie de la série de romans *Les collaborations Derleth-Lovecraft*. Je vous explique. Juste avant ma mort, j'avais confié à Robert H. Marlow la double tâche de mieux faire connaître mon œuvre et de publier des inédits. Des inédits, en fait, ce n'est pas le bon mot, mais des textes et notes de ma main pour esquisser des histoires que je n'avais jamais publiées.

Or, Marlow ne s'acquitta jamais de cette tâche. Il résigna sa mission (comme le dit élégamment Francis Lacassin) au proft d'August Derleth et Donald Wandrei. Ils avaient fondé en 1939 une maison d'édition : *Arkham House*.

Derleth a donc exhumé mes notes et mon Livre de Raison pour en faire de nombreux romans qui lui permettaient de mettre son nom sur la couverture (et le mien aussi).

Derleth prétendait descendre d'un comte D'Erlette. Et je ne manquais jamais de le nommer ainsi par dérision...

Donc ce roman, *La Chambre condamnée*, fait partie de ces 'cycles' que Derleth avait composés, celui qui nous intéresse est le cycle *Les Veilleurs hors du temps*. Un titre qui convient bien, d'ailleurs, à nos aventures... Dans ce roman, il y a une alliance entre les Watheley (ignobles paysans de mon roman *L'abomination de Dunwich* [11]) et les Marsh par mariage... Toutes ces histoires sont des histoires de sexe et donc de reproduction... Il y a toujours du Shub-Niggurath derrière... Mais souvent Nyarlathotep veille...

- Bon... Bien compris. Mais que faire alors ?

- Je ne sais pas ma petite. Je peux néanmoins te poser des questions. Y a-t-il deux sortes d'événements, deux groupes de gens ou d'entités, enfin, bref, est-ce que toutes ces péripéties ne se divisent pas en deux parties ?

---

[11] Les nouveaux et récents traducteurs l'ont appelé *L'Horreur de Dunwich*...

- Où veux-tu en venir ?

- Répond à ma question... Souviens-toi de ce que j'ai dit il y a quelques instants... »

Alice fixa ses beaux yeux verts dans le vide et réfléchit...

« Tu as dit, je crois, *s'il y a Shub-Niggurath, Nyarlathotep veille...*

- Voilà ! C'est ça !

- Ah, ouiiii... Si ce que tu dis se confirme, il doit y avoir là-bas sous l'eau une équipe de jeunes sous l'emprise de Shub-Niggurath... C'est pourquoi, selon Garand, il y a une autre équipe de jeunes enfermés au commissariat... Dont l'un a l'air parfaitement lucide si j'ai bien compris...

- Oui, ces événements semblent confirmer mon analyse...

- Et le Drac ? Le voilà, pris entre deux feux... »

Jean :

« J'ai discuté avec Garand qui m'a dit qu'il avait invoqué Sacha, le fantôme du petit noyé... Crois-tu, Alice, que Sacha pourrait refaire surgir l'île au milieu du fleuve... Ne serait-ce pas ce que le Drac souhaite, mais qu'il n'a pas pu te dire, de peur d'informer involontairement les suppôts de Shub-Niggurath ??? »

Alice :

« Oui, Howard, ne m'as-tu pas parlé des shoggoths ?

- Oui...

- Keziah aurait-elle pu envoyer un émis-
saire les chercher tout là-bas sous
l'océan ?

- Ce n'est pas impossible !

- Eh bien je crois que c'est le rôle dévo-
lu à Ralsa Marsh ! »

Jean :

« Aïe aïe aïe !!!! Comment on va faire ? »

Alice :

« Faut réunir tout le monde : Garand, nous,
Sacha, le Drac... Dans un premier temps il faut
que Garand voit le jeune lucide du commissariat, puis qu'il invoque de nouveau Sacha.
Nous devons réunir toutes nos énergies pour
empêcher cette horreur. Non ! Les shoggoths
ne viendront pas à Espérance ! Non ! »

Jean téléphona à Garand :

« Allô Garand ?

- Oui, c'est Jean ?

- Oui, tu peux venir urgemment chez
HPL ?

- Ben dis donc ce sera bien la première
fois que tu serais content de me voir...

- Aller, arrête... Tu viens ?

- J'arrive... J'ai eu un appel de mon
commandant de police : il se forme un
attroupement de tous les dingues de la
commune devant le commissariat... »

Et il raccrocha.

« Que se passe-t-il demanda Alice ?

- Il vient de me dire qu'il se forme un
attroupement de tous les dingues de la
commune devant le commissariat... »

Lovecraft :

« Ah ! C'est un signe, l'offensive est lancée. Les astres sont alignés... La bataille va commencer !

- Mais que pouvons-nous faire ? Demanda Alice.

- Rien. Assister et attendre qui sera le vainqueur... Tu ne veux pas choisir entre Nyarlathotep et Shub-Niggurath, non ? Par contre ce qui est important, c'est de combler le gouffre vraisemblablement ouvert par Keziah avec l'aide de Shub-Niggurath au fond du fleuve et empêcher Ralsa de rejoindre les shoggoths... Si vous parvenez à le détruire, ce serait encore mieux...

- Pour le gouffre, ce sera le boulot de Garand avec Sacha et le Drac... Howard, prévient le Drac !

- Oui je le fais immédiatement. Comprends-tu maintenant Alice, pourquoi *Ceux du dehors* ne viennent plus par ici : avec tout ce chamboulement, cette concentration d'énergies diverses (haines, sexe, violences...) ils attendent un moment de calme pour intervenir. Ne nous faisons pas d'illusion, Ils viendront un jour, chaque problème résolu en laisse d'autres apparaître.

- C'est pas très réjouissant ce que tu dis là !

- C'est la vie ! »

Garand arriva alors.

Il avait déjà assimilé la situation et laissé des instructions à son commandant : libérer les prisonniers...

« Quoi ? Tu as fait libérer les prisonniers ? » S'étonna Alice.

« Oui ! Je n'avais aucune charge contre eux. Et s'il y a un attroupement autour du commissa-riat, ce n'est pas pour les policiers, mais pour ces prisonniers... Ils font partie de la clique de Nyarlathotep et je ne veux pas que leur ba-garre fasse des victimes collatérales. Heureu-sement, le quartier du commissariat est peu peuplé et la gare pas fréquentée vu l'obscurité qui règne dans la ville... Quant à moi, je vais immédiatement me rendre au bord du fleuve pour invoquer Sacha et faire remonter l'île... Vous voyez, je suis déjà au courant de tout. Quant à vous, allez assister à une des batailles Nyarlathotep Vs Shub-Niggurath ! Moi j'en ai vu déjà beaucoup... Peu importe le vainqueur... cela aura peu de conséquences pour nous sauf quelques victimes collatérales, par exemple ces jeunes qui ont été embrigadés. Ils au-raient mieux fait de ne pas être où ils étaient quand Keziah s'est emparé d'eux... »

Alice :

« Bon, je ne partage pas ton point de vue, mais j'admets que tu as raison : surtout ne pas intervenir... As-tu besoin d'aide au bord du fleuve ?

- Non, avec Sacha et le Drac on s'en sortira. En espérant que Keziah aura quitté les lieux avec ses deux monstres... Si elle ne l'a pas fait, j'attendrai discrètement qu'elle le fasse.

- OK allons-y. Howard n'oublie pas le Drac !

- C'est fait ! Il m'a confirmé sa présence en haut de l'escalier qui mène au fond du fleuve...

- Super ! »

Et ils partirent chacun vers sa mission.

Combats

1.
Keziah et ses deux compagnons peu ragoû-
tants se dirigeaient désormais vers le fleuve.
Sur la berge, Keziah d'un coup de pied bien
appuyé envoya Brown Jenkin dans l'eau. Le
rat aux petites mains humaines nagea
jusqu'au mitan du lit et plongea... Son absence
dura. Le temps que la nuit tombe.
L'éclairage public s'alluma. La sorcière agita
les bras et rabâcha une incantation d'une voix
sourde et rauque, celle de la vieille femme qui
habitait le corps de Sonia.
Une minute de raclements de gorge de la
vieille et les lumières s'éteignirent. Seuls les
éclairs illuminaient la ville.
Quelque temps après, elle vit le premier jeune
émerger de l'eau. Le fleuve était profond à cet
endroit, plus de dix mètres. Pour laisser passer les gros fluviomaritimes. Il fallait aux nouveaux soldats de Shub-Niggurath des efforts
pour escalader les enrochements qui canali-
saient le cours d'eau.
Une vingtaine de jeunes zombifiés et dégouli-
nants se tenaient désormais en groupe compact. La sorcière fit demi-tour sans un mot.
Ralsa Marsh et Brown Jenkin suivirent, et lorsqu'ils furent à dix mètres, les zombies démar-
rèrent comme un seul homme dans une coor-
dination parfaite. La nuit régnait, mais si
quelqu'un regardait par la fenêtre dans la rue

au passage de ce cortège il serait terrifié, car les éclairs montraient une colonne de zombies menée par une belle jeune femme, un rat et un monstre ! Il y avait de quoi frémir...

Les autres les attendaient de pied ferme devant le commissariat ; juste à côté du pont de chemin de fer qui passait plus haut. On entendait passer les trains de voyageurs et les interminables trains de marchandises.

Alice et Jean s'étaient réfugiés dans la salle d'attente de la gare qui se trouvait à proximité. Ils pouvaient facilement observer la scène...

Avant l'arrivée de la sorcière et de sa troupe, ils virent un jeune homme qui attendait seul à l'extérieur. C'était lui qui avait parlé avec Garand. Il devait savoir qui attendre, car un homme noir de haute taille arrivait à grands pas lent, mais vraiment de très grands pas, de telle manière qu'on avait l'impression qu'il était arrivé quasiment instantanément à côté du jeune homme. Il portait un gros livre sous le bras et parla, mais ils étaient trop loin pour comprendre. Il montra le livre, l'ouvrit et le tendit ouvert de telle manière que le jeune le tienne en face de lui pour qu'il puisse le lire.

L'Homme Noir commença à déclamer des mots incompréhensibles alors que les prisonniers sortaient du commissariat. Tous, les jeunes et l'Homme Noir, furent alors entourés d'un épais brouillard sombre, ténébreux, d'une noirceur absolue, si absolue qu'elle terrifiait. L'Homme Noir agitait les bras pour manipuler cette obscurité comme le boulanger manipule la pâte, l'étirant, la tournant, la claquant au sol tout en poursuivant ses incantations jusqu'à ce que Keziah et son équipée arrivent en débouchant soudain de dessous le pont au moment où un long train de marchandises passait dans un bruit assourdissant...

Keziah marqua un temps d'arrêt, repartit avant de décider de s'arrêter. Elle savait à qui elle avait à faire ! Comme sorcière, elle s'était inféodée autrefois à l'Homme Noir, et là, elle l'avait trahi et choisi un autre maître. Les zombies arrivèrent, elle se retourna et tenta des incantations pour les empêcher d'avancer vers l'Homme Noir et les autres jeunes. Cela ne marcha pas. Le rat Brown Jenkin émit un son aigu et tenta de fuir. Un bras d'obscurité se saisit de lui et l'envoya au-dessus du pont, sous le train dont les wagons continuaient de défiler. Les roues des wagons le découpèrent. Les zombies se saisirent de Keziah, qui était toujours sous la forme de Sonia, et la dévorèrent, arrachant ses membres, des lambeaux de chair, se battant pour des lambeaux sanguinolents. Elle disparut sous un tas de zombies. Le tout dans un silence de mort.

Un autre bras de ténébreuse obscurité tenta de se saisir de Ralsa Marsh, mais celui-ci esquiva ! Le monstre grimpa le long de la paroi du pont tel un escargot collé à une vitre, mais beaucoup plus rapide, beaucoup plus. Il se mit à l'abri de l'Homme en Noir en passant de l'autre côté et sauta dans le dernier wagon du train qui finissait de défiler, voyageant vers le sud, vers la mer Méditerranée…

L'Homme Noir fit un autre geste et, en le subissant, la bande de zombies se dissout dans l'air, tout cela dans la nuit noire, percée d'éclairs qui laissaient voit une scène en une fraction de seconde, et la même scène quelques secondes plus tard, offrant un spectacle haché d'une manière qui donnait un mal de tête de chien…

Et puis soudain, les lumières de la ville s'allumèrent. Les éclairs s'éteignirent un à un. Le ciel se montra sans nuages laissant voir les étoiles, les planètes et la Lune !

Les fous étaient restés silencieux pendant toute cette scène. Une fois le monde réel de retour, ils perdirent soudainement leur folie. Ou plutôt ils retrouvèrent leur raison, tout en n'ayant rien oublié de leur vie de fou.

Ce qui était terrible pour eux…

2.

Quand Garand arriva au bord du fleuve, l'affaire était déjà terminée devant le commissariat. Il le savait de différentes sources et du fait que le ciel était devenu clair, on apercevait Jupiter et Saturne vers le sud-est. Il regardait cela et il lui démangeait de lever le poing vers Saturne et de saluer là l'église de Federal Hill qui se trouvait sur Titan, enfin une église virtuelle, mais réelle quand même…

Le Drac l'attendait…

Ils se saluèrent dans le langage des initiés, et se mirent immédiatement au travail. Garand et lui prononcèrent les incantations du Necronomicon de concert. Cela doublait l'énergie endospatiotemporelle nécessaire.

Sacha apparut immédiatement. Du moins, dans un premier temps, son image clignotait comme les zombies de Keziah sous les éclairs. Un clignotement brutal, si violent qu'il faisait cligner des yeux. Puis son image se stabilisa et il prit sa consistance. Ce n'était pas un fantôme évanescent, mais un petit garçon de chair et de sang.

« Bonjour mon garçon. » Lui dit Garand.

« Que me voulez-vous ? » Répliqua le fantôme.

« Des entités malveillantes ont creusé un gouffre au mitan du lit du fleuve. Ce gouffre par sa structure spatiotemporelle envoie un signal dans les espaces temps tel un phare au bord de la mer. Ce signal est accompagné d'un messager qui se rend en Antarctique pour guider les shoggoths jusqu'ici, jusque dans ce trou infernal qui abrite déjà quelques Profonds. Toi qui es maître des lieux, tu peux rétablir tes droits sur eux, tu as été spolié, tu t'en rends compte ?

- J'en prends conscience maintenant. En effet.

- Ah ! Tu vois ?

- Je dois reconstituer mon univers. Mais sachez que cela va détruire ceux qui l'occupent actuellement !

- Nous voulons atteindre ce but, c'est pourquoi nous t'avons convié... »

Le Drac confirma :

« Oui, mon domaine a aussi été occupé, je suis relégué sur les bords du fleuve. J'ai perdu mes accès au puits qui mène aux couloirs du temps et à mon caveau où je prends mes bains de sang de taureau. C'est une catastrophe.

- Mais qu'ai-je à gagner si j'accède à votre demande ?

- Tout ! Car toi aussi tu as perdu ton domaine.

- Je ne l'utilisais guère, c'est la raison pour laquelle cette brisure de l'espace-temps a été utilisée par des pirates...

- Mais justement, c'est l'occasion de ré-investir ton domaine. Reprends-toi, ne laisse pas cette situation perdurer. De plus, la gangrène qui occupe tes lieux va se répandre sur toute cette planète. Tu ne peux pas laisser faire.

- À vrai dire, je m'en fous... Débrouillez-vous... »

Garand sentait monter la colère...

« Tu t'en fous ? Mais rappelle-toi que je suis ton maître, c'est moi qui t'ai invoqué. Je peux te forcer à le faire. Mais si je suis contraint de te forcer, tu le feras et tu seras anéanti en même temps que l'œuvre des Profonds.

- Je m'en fiche ! Anéantis-moi !

- OK ! »

« En es-tu sûr ? » S'inquiéta le Drac

Sacha ne répondit rien, son corps se transforma en image et commença à se déformer...

Aussitôt, Garand donna un coup de coude au Drac et ils commencèrent à psalmodier une nouvelle incantation. Pour qu'elle fonctionne, il fallait impérativement la présence de Sacha...

Cela fonctionna, car le début de l'incantation figea l'image stéréoscopique de l'enfant qui lança des rayons lumineux spectroscopiques qui firent le lien entre lui et les deux prêtres de l'incantation.

Soudain, une inscription apparut à la surface du fleuve, visible, car vaguement lumineuse : «Ordre ésotérique de Dagon.» Elle s'enroula en forme de cône très pointu, très étroit et s'élança comme une fusée vers le ciel pour se dissoudre parmi les étoiles, comme un bouquet de feu d'artifice...

L'incantation se développait. Un grand remous se produisit au mitan du fleuve. L'île se matérialisa, avec sa végétation luxuriante, ses vorgines, mais aussi avec son bateau...

Il était très long, plus de cent mètres, on distinguait bien, à l'arrière, la plate-forme du marinier avec la longue perche du gouvernail qu'il fallait souvent manœuvrer à deux, car elle avait le diamètre d'un arbre moyen. Une ombre humaine semblait accroupie là. La cheminée était dressée, toute droite, et il semblait que le moteur à vapeur tournait, car une fumée montait dans le ciel. Les deux énormes roues à aubes battaient déjà l'eau.

Le bateau devint réel, enfin, prit de la consistance... La forme accroupie se releva et tendit les bras vers un enfant qui courrait sur la plateforme... Le capitaine prit l'enfant dans les bras... Les matelots larguèrent les amarres. Le capitaine, l'enfant dans ses bras qui entourait son torse avec ses jambes, saisit la barre, ce véritable tronc d'arbre et manœuvra pour amorcer une décize. Il avait choisi de naviguer vers le sud, vers la mer...

Quand Garand et le Drac comprirent la direction que prit le bateau, ils s'inquiétèrent. Mais ils ne pouvaient rien y faire... Ils n'avaient pas la maîtrise de ce magnifique bateau fluvial. Seul Sacha et le capitaine l'avaient. Puis une brume monta de la rivière, un brouillard épais dans lequel le bateau s'enfonça, ses roues à aubes tournant au rythme du halètement de la cheminée qui crachait une fumée noire.

Puis il disparut !

« Adieu Sacha ! Ou plutôt, à bientôt... »

Garand, ce dur à cuire, ce baroudeur de l'espace-temps avait les larmes aux yeux.

Le Drac, lui, sans vergogne, tout heureux de récupérer son domaine, avait déjà plongé et nageait vers ses « appartements »...

Là-bas, du côté de l'empi, une nouvelle île était née... Les habitants d'Espérance la connaissaient déjà et savaient qu'elle avait toujours été là...

Table des matières